Sameena Jehanzeb

Winterhof

Besuchen Sie uns im Internet:
www.zeilengold-verlag.de

Nadine Skonetzki
Blütenhang 19
78333 Stockach
info@zeilengold-verlag.de

1. Auflage
Copyright © Zeilengold Verlag, Stockach 2018
Buchcoverdesign, Satz & Illustration: saje design, www.saje-design.de
Lektorat: Sabrina Uhlirsch, www.spreadandread.de
Korrektorat: Roswitha Uhlirsch, www.spreadandread.de
Druck: bookpress, 1-408 Olstzyn (Polen)

ISBN Print: 978-3-946955-15-3
ISBN Ebook: 978-3-946955-81-8

Die Deutsche Nationalbibliothek verzeichnet diese
Publikation in der Deutschen Nationalbibliografie;
detaillierte bibliografische Daten sind im Internet über
http://dnb.dnb.de abrufbar.

SAMEENA JEHANZEB

Winterhof

ZEILENGOLD

Für Nico.

Dem ich all seine Ideen stehle,
bevor er Zeit hatte, sie zu denken.

Vorwort

Märchen sind dazu da uns zu verzaubern. Sie erzählen uns Geschichten von mutigen Rittern, tapferen Prinzessinnen, von Elfen und Feen, Träumen und Wünschen, die in Erfüllung gehen. Sie pflanzen uns Harmonie in die Herzen und ein glückliches Lächeln auf die Lippen. Wollen wir nicht alle solche Märchen erleben, die uns innerlich tanzen lassen?

Doch es gibt auch andere Märchen. Solche, die beißen. Sie sind gefährlich und düster. Ein Märchen wie das, was du gerade in den Händen hältst.

Wenn du Koras Geschichte folgen willst, so sei gewarnt! Dies ist kein Märchen für unschuldige Kinder, keine schöne Gute-Nacht-Geschichte, die sanfte Träume verspricht.

Dieses Märchen hat Zähne und es wird sie benutzen.

»Sei vorsichtig mit deinen Wünschen,
sie könnten in Erfüllung gehen.«

Das
Märchen
beginnt

Es war einmal ein Mädchen, das träumte von Schnee – schon sein ganzes Leben lang. In seinen Träumen erwachte es stets auf einer schneebedeckten Lichtung. Der Ort war umringt von hohen Tannen, die ebenfalls ganz und gar mit Schnee bedeckt waren. Am Ende der Lichtung, ganz dicht am Rande einer steilen Klippe, stand eine große Eiche mit Blättern aus Frost und einem Stamm aus glasklarem Eis. Ein Teil ihrer Wurzeln fiel in schweren Schlingen über den Rand der Klippe und verschmolz mit dem Dunkel der Nacht. Von dem Baum ging ein sanftes Schimmern aus. Kühles Licht, das dem des fahlen Mondes ähnelte. Aus seiner Krone rieselten feine blaue Lichter, die wie Glühwürmchen in der Luft tanzten und langsam zu Boden fielen. Hinter der Eiche, weit entfernt und inmitten eines zugefrorenen Sees, sah das Mädchen die Umrisse eines weißen Schlosses. Auch die Palastmauern schienen ganz aus Eis und Schnee zu bestehen und schimmerten ebenso im Mondlicht wie die Eiche. Das imposante Bauwerk wurde von großen Kälteschwaden eingehüllt, die wie farblose Hexen um es herumwirbelten, bis sie schließlich auf den See fielen, wo sie zu Pulverschnee verpufften und auseinanderstoben.

Im Winterhain des Mädchens fiel immer Schnee und die Luft war frei von schweren Gerüchen. Es gab hier keine bunten Farben. Nur das Weiß des Schnees und das kalte Licht des Mondes. Das Mädchen war ganz für sich und konnte tun und lassen, was es wollte. Niemand war dort, der ihm sagte, was es durfte und was nicht, was gesund war und was nicht. Wollte es auf Bäume klettern, dann tat es das. Wollte es mit ganzer Kraft über die Lichtung rennen, dann tat es das. Das Mädchen liebte es, dass dieser Ort allein ihm gehörte, und es liebte es, ein Kind des Schnees zu sein. Der Name dieses Kindes war Kora.

Manchmal glaubte Kora, die Bäume des Hains flüstern zu hören, aber sie konnte nie verstehen, was die knorrigen Gesellen sagten und ob sie zu dem Mädchen sprachen oder in ihren eigenen Gedanken verloren waren. Wenn Kora in ihrem Winterhain spielte, dann war sie davon überzeugt, dass sie eine Schneeprinzessin und ihr wahres Zuhause der weit entfernte Palast auf dem See war. Vielleicht glaubten es auch die Bäume und flüsterten deshalb so leise, weil sie ihre kleine Hoheit nicht verärgern wollten. Die Schneeprinzessin wäre gerne in das Schloss aus Eis und Schnee zurückgekehrt, doch es führten keine Wege von dem Winterhain zu dem wunderschönen Palast. Kora stellte sich vor, dass einst eine lange, gläserne Brücke ihren Winterhain mit dem Schloss verbunden hatte. Doch die Brücke war zerstört worden und die kleine Schneeprinzessin im Winterhain gefangen, bis sie eines Tages gefunden wurde. Sie musste nur noch ein klein wenig länger warten.

Frohgemut tanzte das Mädchen auf seiner Lichtung barfuß im Schnee. Der Winterhain war kalt, aber die Schneeprinzessin war es auch, sodass ihr die Kälte fast warm erschien. Sie genoss die frostige Luft und den Anblick ihrer schneebedeckten Zuflucht die ganze Nacht lang. Am Morgen erwachte sie stets in ihrem Bett in der realen Welt, ganz und gar erfüllt von dem Zauber ihres Winterhains.

Die kleine Schneeprinzessin wuchs bald zu einer Frau heran und die Frau verliebte sich in einen Prinzen, der in Wahrheit gar kein Prinz war, sondern nur ein einfacher Mann. Auch sie glaubte längst nicht mehr daran, eine Schneeprinzessin zu sein, und träumte nur noch selten von dem verzauberten Winterhain, in dem sie stets hatte vergessen können, dass sie mit einem Leiden geboren worden war. Die Ärzte hatten Kora als Kind schon erklärt, dass ihr Herz zu klein sei und nicht richtig mit dem Rest ihres Körpers wüchse. Manchmal fühlte sich die Frau sehr müde und das Atmen fiel ihr schwer. Sie konnte viele Dinge nicht tun, da diese sie zu sehr anstrengten. Darum hatten ihre Eltern ihr nie erlaubt zu rennen, herumzuspringen oder auf Bäume zu klettern. Jetzt, da sie erwachsen war, verstand Kora all das und es machte ihr nichts mehr aus. Doch als sie nun ihrem Prinzen gestand, dass sie ein kleines, krankes Herz hatte, fürchtete sie, er würde gehen und sich nach einer gesunden Prinzessin umschauen. Aber der Mann vergötterte die Frau, die vom Schnee träumte, mitsamt ihrem kleinen, kranken Herzen. Er wollte nichts lieber sein als ihr Märchenprinz. Und so versprachen sie sich, einander ewig zu lieben und nie wieder getrennte Wege zu gehen.

Als eine Weile ins Land gezogen war, brachte Kora zwei Töchter zur Welt. Sie hatten beide starke und gesunde Herzen und machten ihre Eltern noch viel glücklicher, als die es sich hätten vorstellen können. Kora liebte ihren ungekrönten Prinzen und ihre beiden ungekrönten Prinzessinnen. Sie liebte ihr normales und von so viel Glück gesegnetes Leben und ihr kleines, krankes Herz plagte sie gar nicht mehr so oft. Ihr Leben war kein Märchen, aber es war märchenhaft und es gab nichts, was sie hätte ändern wollen. Nur eines vermisste sie manchmal: den Schnee. Denn es war ihr nie möglich gewesen, den Winterhain und das Flüstern der Bäume zu vergessen.

Den Winterhain ihrer Träume konnte der Prinz ihr nicht schenken, aber er konnte sie an einen Ort bringen, der fast genauso zauberhaft war. Ein wahres Winterwunderland und so klein, dass es auf den meisten Karten gar nicht verzeichnet wurde. Die örtlichen Legenden sagten, dass es die Wiege des Winters selbst sei.

Hätten die Frau und ihr Mann bloß geahnt, was dort auf sie wartete. Hätten sie bloß geahnt, wem sie dort begegnen würden.

Vielleicht wären sie dann nicht aufgebrochen, um den Schnee zu finden. Vielleicht hätte das kleine, kranke Herz dann noch ewig weiterschlagen dürfen.

10

D as Insekt explodierte mit einem schmatzenden Geräusch auf der Windschutzscheibe und hinterließ einen ekelerregenden Schleimfleck in rot und eitergelb. Eindeutig ein Blutsauger. Die Sensoren des Mietwagens reagierten auf den vermeintlichen Regentropfen und setzten die Scheibenwischer in Bewegung. Die Wischblätter vollführten ihren bogenförmigen Tanz von rechts nach links und verteilten den Schleim in unappetitlichen Schlieren weiter über die Scheibe. Kora wandte angewidert den Blick ab und studierte stattdessen den Newsfeed ihrer Tablet-App.

Verschiedene Katastrophen sprangen sie in Form bunter Schlagzeilen an und leuchteten ihr in HD-Qualität entgegen. Sie seufzte leise. Überschwemmungen, wohin man auch blickte, Dürre in Indien, Waldbrände in Kanada, ein Tornado in Europa, ein heftiges Erdbeben im Norden Japans und und und. Die Vorfälle häuften sich von Jahr zu Jahr mehr, wurden ständig zahlreicher und gleichzeitig zerstörerischer. Doch in diesem Jahr schien Mutter Natur eine besonders eindeutige Botschaft loswerden zu wollen und die war den Menschen nicht allzu freundlich gesinnt.

Kora wechselte die Einstellung des Feeds und ließ sich die Nachrichten aus der näheren Umgebung ihres aktuellen Standorts anzeigen. Sie war lange, sehr lange nicht mehr in dieser Gegend gewesen – oder in der kleinen Stadt Snjórley[1], wo sie mit ihren Eltern einst den Urlaub verbracht hatte –, aber der Norden war noch immer recht wild, geprägt von vielen kleinen, weit auseinanderliegenden Dörfern mit einer Menge Wald dazwischen. Um in die nächste größere Stadt zu gelangen, musste man fast eine Stunde lang fahren. Ein letztes Stück Wildnis in einer fortwährend lauter und voller werdenden Welt. Doch auch der Norden litt unter dem warmen Winter, der sich als scheinbar endlos andauernder Herbst manifestierte. Bedauerlicherweise ohne die schillernden Farben, die wenigstens etwas Freude verbreitet hätten. Die milden Temperaturen ließen die wilden Flüsse über die Ufer treten

---

1) Der Handlungsort in dieser Geschichte ist das fiktive Dorf *Snjórley*. Der Name leitet sich von dem isländischen Wort für Schnee (Snjór) ab und spricht sich in etwa: **senohr** | **läi**

und ganze Stadtteile knietief im Wasser versinken. Und überall waren Insekten, die sich scharenweise darin vermehrten. Ach, wie Kora den silbern schillernden Anblick gefrorener Flüsse und Bäche vermisste.

Das allgemeine Wetterchaos begünstigte zudem noch ganz andere Abscheulichkeiten. In einer fast untergehenden Meldung las Kora etwas, das ihr sogleich aufs Gemüt schlug. Eine oder mehrere bislang unbekannte Personen hatten sich, in dem hektischen Treiben der Helfer, Zutritt in das städtische Krankenhaus verschafft und ein Neugeborenes entführt. Es gab bisher keine Hinweise über den Verbleib der Täter oder des Kindes. Kora fragte sich, wer so etwas Furchtbares fertigbrachte. Was für eine entsetzliche Erfahrung musste es sein, ein Kind zur Welt zu bringen und es wenig später auf solche Weise zu verlieren? Immer voller Ungewissheit darüber, wo es war, wie es ihm ging und ob man es je wiedersehen durfte. Würde man Kora Elin oder Jonna wegnehmen, sie wüsste nicht, wie sie das überleben sollte. Schon bei dem Gedanken daran schnürte sich ihre Kehle zu und ihr Herz begann so angestrengt zu pochen, dass sie sich unwillkürlich über die Brust strich.

»Ist alles in Ordnung?«, fragte Ben vom Fahrersitz aus. Er kannte die Eigenarten und Signale seiner Frau gut, und wenn sie sich an dieser Stelle rieb, machte er sich immer gleich Sorgen.

»Es geht mir gut.« Kora lächelte und legte ihm in einer beruhigenden Geste eine Hand auf den Schenkel. Ben griff danach, hob sie an seine Lippen und küsste die kühlen Fingerspitzen.

»Gut«, meinte er mit einem Nicken, ohne die Straße aus den Augen zu lassen.

Kora warf einen Blick in den Rückspiegel und fand darin die Gesichter ihrer beiden Töchter. Auf den ersten Blick sahen sie ihr ähnlicher als Ben, mit den nussbraunen, glatten Haaren und den grauen Augen. Aber ihre Gesichtszüge und die Form ihrer Münder glichen denen ihres Vaters sehr. Auch die Art, wie Jonna beim Lachen halblaut grunzte oder wie Elin die Fingerspitzen ihrer rechten Hand in rascher Abfolge aneinander tippte, wenn sie tief in Gedanken versunken war, spiegelte Ben in ihnen.

Kora schaltete das Tablet aus und schaute stattdessen wieder auf den schmierigen Rest des Insekts, dem Ben gerade mit Scheibenwischwasser zu Leibe rückte.

»Ein Moskito so weit im Norden und zu dieser Jahreszeit«, murmelte sie mit einem angeekelten Blick auf das Geschmier, das sich Bens Reinigungsversuchen hartnäckig widersetzte. »Das Klima ist völlig außer Rand und Band.«

»Ein einzelner Moskito macht noch keinen Weltuntergang. Vielleicht war es ja auch ein unschuldiger Käfer.«

»Käfer saugen kein Blut.« Und machte das überhaupt

einen Unterschied? Nicht ohne Grund beklagte sich Kora schon seit Wochen über das nasse Wetter.

»Es ist viel zu warm für diese Jahreszeit. Kein Winter weit und breit.«

»Darum fahren wir nach Snjórley, du hast die Bilder der Livecam selbst gesehen. Das ganze Dorf ist schneebedeckt.«

»Ich weiß nicht«, meinte sie zweifelnd. »Das waren sicher Aufnahmen aus einem anderen Jahr. Laut Navigationssystem sind wir bloß noch eine Viertelstunde von der Ortsgrenze entfernt. Auf dieser kurzen Strecke kann es doch unmöglich noch deutlich kälter werden. In Snjórley muss es genauso nassgrau sein wie überall sonst im Land.«

»Du hast uns aber Schnee versprochen!«, beschwerte sich Elin sofort vom Rücksitz des Wagens.

Koras Stimmung verbesserte sich augenblicklich. Ihr ging stets das Herz auf, wenn sie ihre beiden wunderschönen Kinder sah.

»Wenn es die ganze Zeit nur regnet, werde ich sauer, Mami.« Das Mädchen zog eine Schnute und versuchte, seine Mutter dabei streng anzuschauen.

»Es wird schon nicht regnen«, sagte Ben, während er sich die roten Bartstoppeln kratzte. Er fand, so ein Dreitagebart mache ihn verwegen, aber er hatte Schwierigkeiten, sich an die Stoppeln zu gewöhnen. Ständig verspürte

er einen schwachen, aber beharrlich andauernden Juck-
reiz, der ihn auf seinem Pfad zur großen Verwegenheit
verzweifeln ließ.

»Aber Mami hat gesagt, es wird regnen, Papa.«

»Das habe ich nur, weil ich so wahnsinnig gerne
Schnee sehen möchte«, gab Kora strahlend zurück.

»Das macht gar keinen Sinn, Mami. Und wann sind
wir endlich da? Es wird schon dunkel!«, quengelte Elin.
Sie saß nicht gerne still und harrte bereits seit Stunden
im Auto aus.

Kora rechnete es ihrer temperamentvollen Tochter
hoch an, dass sie bislang auf einen Schreikrampf verzich-
tet hatte. »Gleich, mein Schatz. Es sind nur noch ein paar
Minuten bis zu unserem Ferienhaus.«

»Das wird auch Zeit! Können wir Eislaufen gehen?«

»Aber natürlich!«, rief Kora und klatschte voller Ta-
tendrang in die Hände. *Falls der See zugefroren ist.* Sie sprach
den Gedanken nicht laut aus, der sich so ungebeten in
ihren Geist geschlichen hatte.

»Bauen wir einen Schneemann?«

»Wir bauen eine ganze Schneefamilie!«, meldete sich
Ben schnell zu Wort. Der Vorschlag versetzte ihn genauso
in Ekstase wie seine Tochter. »Was ist mit dir, Jonna? Hilfst
du uns, eine Schneefamilie zu bauen?«

Jonna, die bisher ruhig hinter ihrem Vater gesessen

und schweigsam aus dem Fenster geschaut hatte, zuckte mit den kleinen Schultern und schob die Unterlippe ein wenig vor. »Ich wäre lieber an den Strand gefahren«, gab sie lustlos zu. »Natalie und ihre Eltern bauen bestimmt gerade Sandburgen und gehen Schwimmen.«

»Mami mag das Meer nicht«, warf Elin neunmalklug ein.

»Ja, weil sie nicht schwimmen kann«, seufzte Jonna und ließ sich tiefer in den Sitz zurückfallen. »Und weil sie immer sofort einen schlimmen Sonnenbrand bekommt.«

»Ach, Jonna. Schmoll nicht. Wir werden in Snjórley viel Spaß haben. Als ich ein kleines Mädchen war, haben wir Höhlen in den Schnee gegraben und Burgen daraus gebaut – Schneeburgen sind viel schöner als Sandburgen. Am Strand gibt es außerdem keine Schneekönigin. Die würde dort schmelzen!«

»Schneekönigin?«, fragte Jonna und schob sich schnell ein paar Haarsträhnen aus dem Gesicht, die sie kitzelten und ihre Sicht behinderten. Sie versuchte, ihre Neugier herunterzuspielen, aber ihre großen leuchtenden Augen verrieten sie.

Jonna war in sich gekehrter als Elin. Immer nachdenklich, immer ein wenig vorsichtiger als die anderen Kinder ihres Alters. Sie war eine Beobachterin und eine kleine Künstlerin. Ben behauptete, sie käme ganz nach ihrer Mutter, was Kora stets lachend verneinte. Ihr künstlerisches

Talent beschränkte sich auf Kartoffelmänner und einfache Origami-Boote. Wenn sie besonders mutig war, wagte sie sich auch mal an ein Fensterbild. Meistens landeten diese Versuche aber gleich wieder im Papierkorb. Jonna dagegen mochte zwar noch jung sein, aber es war nicht zu übersehen, dass ihre Bilder mehr Ausdrucksstärke besaßen als die ihrer Klassenkameraden. Sie benutzte bereits Schattierungen und fügte ihren Motiven Details hinzu, die deutlich machten, wie bewusst Jonna ihre Umwelt wahrnahm.

»Es gibt in Snjórley jedes Jahr ein Fest, bei dem die Schneekönigin in ihrem goldenen Schlitten durch die Stadt fährt. Es heißt, sie bricht dann auf, um den Winter über das Land zu bringen. Dieses Jahr scheint sie allerdings ziemlich spät dran zu sein«, beschwerte sich Kora in gespielter Empörung.

»Trägt sie eine Krone, Mama?«

»Eine wunderschöne, gläserne Krone mit einem blauen Saphir in der Mitte«, versicherte Kora.

»Und lebt sie in einem Schloss?«

»Selbstverständlich! Ihr Schloss ist gewaltig! Ganz aus Eis und Schnee. Und es steht weit entfernt auf einem gefrorenen See, über den kein Weg in den Palast der Schneekönigin führt. Denn sie will nicht entdeckt werden und darum können Menschen das Schloss auch nicht sehen, weißt du?«

»Aber woher willst du dann wissen, dass es wirklich

dort steht, wenn es niemand sehen kann?«, hakte Jonna misstrauisch nach.

Mein schlaues Mädchen.

»Nun, es gibt ein paar wenige Menschen, die es angeblich gesehen haben. Denn eine Legende sagt, wenn du es schaffst, eine Schneeflocke mit deinem Auge zu fangen, dann kannst du den Palast der Schneekönigin für einen kurzen Moment in der Ferne erkennen.« Kora hatte keine Ahnung, woher diese Idee so schnell gekommen war, aber sie war dankbar für die unsichtbare Muse, die sie in dieser Sekunde geküsst hatte. Vielleicht steckte doch ein Funke Kreativität in ihr.

Jonnas Augen wurden noch größer und die Abenteuerlust packte sie. »Ist das wahr?«, fragte das Mädchen und Kora nickte ernst. »Dann will ich unbedingt eine Schneeflocke fangen!«, sagte Jonna entschlossen.

»Wir können es versuchen. Aber das wird nicht leicht. Schneeflocken werden nicht gerne gefangen. Schon gar nicht von einem menschlichen Auge. Die Schneekönigin mag es nämlich nicht, dass man von ihrer Existenz erfährt, und der Schnee macht alles, was sie verlangt.« Kora lächelte zufrieden und malte sich aus, welch phantastische Bilder gerade im Geist ihrer Tochter zum Leben erwachen mussten. Sie erzählte den Zwillingen gerne Geschichten, besonders Geschichten vom Schnee.

»Wir sind fast da!«, rief Ben plötzlich.

Kora und die Mädchen warfen die Köpfe herum und blickten hinaus. Am Straßenrand wurde eine dieser unansehnlich braunweißen, touristischen Hinweistafeln sichtbar. Sie zeigte die Silhouette einer idyllischen Dorflandschaft, die eingerahmt wurde von hohen Bergen auf der einen Seite und einem weiten See auf der anderen. Sogar die Schneekönigin hatte einen Platz in dem Piktogramm gefunden und schaute mit kühlem Blick auf die neuen Ankömmlinge herab. Die Tafel verkündete in großen weißen Buchstaben:

SNJÓRLEY
Heimat der Schneekönigin

Ein weiteres Zusatzschild darunter erklärte außerdem:

13,5 km
Einwohnerzahl: 1.703

»Weniger als zweitausend Einwohner!«, staunte Ben. »Dieses Nest ist ja noch kleiner, als ich angenommen hatte.«

Kora warf jubelnd die Arme in die Luft, als sie an der Hinweistafel vorbeizogen. Ben und die Zwillinge stimmten sofort mit ein.

Sie waren noch nicht weit gekommen, als Kora den Frost auf dem Gras am Straßenrand bemerkte. Auch die Bäume wurden von einer feinen, glitzernden Schicht überzogen. Mit jedem Meter, den sie der Landstraße folgten, offenbarte sich der Winter deutlicher. Es war unglaublich – und völlig unrealistisch –, dass sich auf so wenigen Metern ein derart starker Wetterumbruch vollzog. Doch noch so viel Stirnrunzeln und ungläubiges Kopfschütteln änderte nichts an den Tatsachen. Zu der zarten Frostschicht gesellten sich die ersten Eiszapfen und eine dünne Lage Schnee, die an Puderzucker auf einem dunklen Kuchen erinnerte. Koras Herz klopfte schneller vor Freude. Konnte es wirklich einen richtigen Winter in Snjórley geben? Als ob ihr die Natur antworten wollte, türmten sich am Straßenrand auch schon die ersten Schneewehen auf und Ben ging zur Sicherheit ein wenig vom Gas. Die Straße schien frei zu sein, doch er wollte kein Risiko eingehen und womöglich auf unerwartet glatter Fahrbahn einen Unfall verursachen.

»Hier liegt wirklich Schnee«, sprach er Koras Gedanken aus und klang überrascht.

»Aha!«, rief Kora. »Du hast also auch gezweifelt.« Sie lachte triumphierend, als Ben eine Unschuldsmiene aufsetzte und in seinem Sitz hin und her rutschte.

»Das kannst du nicht beweisen«, meinte er frech.

Sie fuhren weiter und machten ihre Scherze, während der Mietwagen weiter in die immer weißer werdende Winterlandschaft vordrang. Plötzlich fielen dicke weiße Flocken vom Himmel, die sich schwer auf die knorrigen, kahlen Äste des Waldes und auch auf die Windschutzscheibe des Wagens legten.

»Ich kann es kaum glauben«, flüsterte Kora ergriffen.

»Schneeeeee!«, tönte es lautstark von der Rückbank.

Je näher sie dem Zielort kamen, desto zahlreicher wirbelten die Schneeflocken, und als die ersten Spuren menschlicher Zivilisation in Sicht kamen, quiekte Elin vor Freude. Jonna presste die Stirn an das Fenster und versuchte zu sehen, was vor ihnen lag. Kora hörte ihre Töchter staunen und miteinander beratschlagen, was sie alles machen würden, wenn sie erst einmal ankamen. Sie waren so aufgeregt und zapplig, dass die Sicherheitsgurte sie kaum noch in ihren Sitzen halten konnten.

Schließlich fiel die Straße vor ihnen in einer langen Serpentine ab und der Wald gab die Sicht auf ihr Ziel frei. Im Tal, am Ende der gewundenen Straße, lag Snjórley. Hinter den Hütten und Häusern der Stadt erstreckte sich ein See, der so weit und endlos schien wie der Ozean. Auf den Dächern und auf den Straßen lag eine dicke Schneeschicht, die das schwächer werdende Licht des Tages reflektierte. Es war ein Anblick, so perfekt, dass er geradewegs einem

Grußkartenmotiv entsprungen sein konnte. Eine vollkommene Welt aus Wattebäuschen, umringt von Bergen und einem uralten Wald. Die Sonne malte die letzten schillernden Farbstreifen in den Himmel und machte sich bereit, hinter den Berggipfeln zu versinken. Die hellsten Sterne am Firmament schimmerten schon durch den Schleier der Dämmerung und auch das ließ die Herzen der Familie höherschlagen. Zuhause in der Großstadt sah man die Sterne nicht einmal in tiefster Nacht.

Für Kora war es das reinste Wunder. Als läge die Stadt unter der Kuppel einer riesigen Schneekugel. Die ganze Welt litt unter dem wärmsten Winter, der je aufgezeichnet worden war, doch hier in Snjórley schienen die Sonne und der laue Wind an der Ortsgrenze all ihre Macht zu verlieren. Snjórley war eine glasig gefrorene Oase, die offenbar keinen Klimawandel duldete.

Ben verlangsamte das Tempo noch weiter, als sie den Ortskern erreichten und Kora versuchte, die Straßennamen mit der Anzeige auf dem Navigationssystem abzugleichen.

»Da vorne an dem Café müssen wir links abbiegen.«

Sie leitete ihren Mann durch das ungewöhnliche Städtchen, denn das Navigationsgerät schien mit den vielen verwinkelten Gässchen überfordert zu sein. Es verlor zudem immer wieder das GPS-Signal, was die Karte ein ums andere

Mal einfrieren ließ und letztlich unbrauchbar machte. Aber Kora erinnerte sich an die Wege und Straßen, als wäre sie erst gestern hier gewesen und nicht zuletzt vor fast dreißig Jahren. Nichts schien sich verändert zu haben. Wenig später erreichten sie die gemietete Ferienhütte, ohne sich auch nur einmal verfahren zu haben.

ⓓ ie Lage war herrlich. Die Hütte stand auf einer
Anhöhe, die Aussicht auf den silbern schimmernden
See bot. Jemand hatte in der Auffahrt den Schnee geräumt
und Ben fuhr auf die Parkfläche. Er schaltete den Motor
ab und sofort ertönte hinter ihm das Klicken sich
entsichernder Gurte. Die Mädchen waren schneller aus
dem Auto geschlüpft als Ben und Kora schauen konnten
und genauso beherzt sprangen die beiden in die hohen
Schneehügel. Sie lachten und hüpften wild herum, während
ihre Eltern deutlich träger aus dem Wagen stiegen, sich
erst einmal streckten und die Koffer ausluden.

Als Elin und Jonna schließlich zu ihren Eltern in die
Hütte gestürmt kamen, waren sie pitschnass und ihre trie-
fenden Nasen gerötet. Sie klapperten mit den Zähnen und
strahlten bis über beide Ohren. So viel Schnee hatten die

Zwillinge noch nie gesehen. In der Stadt blieb selten genug davon liegen, um wenigstens Schneebälle daraus formen zu können. Das hier war eine ganz neue Erfahrung für sie und Kora freute sich über ihre strahlenden Gesichter.

»Schnee, Schnee, Schnee!«, riefen die Zwillinge noch immer hüpfend und springend und hinterließen dabei kleine Pfützen auf dem gefliesten Boden. »Brr, ist der kalt!«

»Ich habe es euch doch versprochen.« Kora lachte zufrieden und genoss das alberne Herumtollen ihrer Töchter.

»Ihr seid ja völlig durchgeweicht!«, empörte sich Ben, als er von seiner Inspektion des oberen Stockwerks zurückkehrte.

»Wir haben Schneeengel gemacht«, rief Elin stolz. Ihre Lippen waren ein wenig blau und sie zitterte am ganzen Körper.

»Na los, ihr Monster, mitkommen! Wir setzen euch erst einmal in die Badewanne, damit euch wieder warm wird. Sonst fangt ihr euch direkt eine Erkältung ein und dann gibt es Taschentücher statt Schneemänner!«

»Neiiiiin!« Die Mädchen quietschten vor Freude und stürmten die Treppe hinauf, als ihr Vater einen Yeti mimte und breitschultrig hinter ihnen herstapfte.

Während Ben, Jonna und Elin mit lautem Getöse im oberen Stockwerk verschwanden, sah Kora sich in ihrer Behausung um. Die Hütte war nicht so rustikal möbliert,

wie sie es in Erinnerung hatte. Die dunklen Teppiche und Läufer waren hellen Fliesen gewichen, der glänzend lackierte braungelbe Birkenholztisch einem edlen Designerstück aus Treibholz. Etwas enttäuscht nahm Kora zur Kenntnis, dass der alte Lesesessel ebenfalls nicht mehr an seinem Platz stand. Sein mehrfarbiges Karomuster hatte ihn zu einem wahrlich hässlichen Exemplar seiner Gattung gemacht, weniger bequem war er deswegen aber nicht gewesen. Kora hatte damals viele Stunden auf dem Schoß ihrer Eltern in diesem Sessel verbracht, während sie ihr Geschichten vorlasen. Unweigerlich fragte sich Kora, ob sie sich mit ihren eigenen Töchtern auf das ergonomisch verstellbare Modell – mit Nackenstütze und ausklappbarem Fußteil – würde drapieren können, das nun an seiner Stelle neben dem Kamin stand. Das Konstrukt wirkte derart luftig und grazil, dass sie gewiss ins Wanken geraten würden wie auf einem Schiffskutter bei starkem Seegang. Sie kicherte leise. Die Antwort auf diese Frage würde sich gewiss bald finden.

Die neue Einrichtung war modern, aber auf ihre Art ebenso einladend und gemütlich wie die in Koras Erinnerung. Die Hauswirtin hatte die Ankunft der Familie außerdem gut vorbereitet und umsichtig alles Nötige für ein kleines Frühstück am nächsten Morgen besorgt. Kora schmunzelte anerkennend und dankbar. Jetzt konnten sie den Abend in aller Ruhe genießen, eine erste Erkundungstour durch Snjórley unternehmen und mussten sich erst am nächsten Tag Gedanken um Einkäufe machen.

Bereits eine halbe Stunde später kamen Jonna und Elin die Treppe zum ersten Stock heruntergestürmt, gerade als Kora die letzten Taschen aus dem Wagen holte. Ben hatte den Mädchen die Haare geföhnt und sie in frische, warme Kleidung gepackt, in der sie aussahen wie kleine Astronautinnen.

Oh, wie Kora sich auf den ersten Ausflug in die Stadt freute. Sie hatte viele Pläne für ihren Aufenthalt in Snjórley gemacht, außerdem knurrte ihr der Magen. Den halben Tag hatten sie im Auto verbracht, mit gelegentlichen Stopps an unattraktiven Raststätten, deren Speisekarten Kora nicht überzeugen konnten. Das Wasser lief ihr im Munde zusammen, als sie sich die Köstlichkeiten vorstellte, die vor ihr lagen. Sie träumte von heißen, weichen Knödeln in Bratensoße und von Apfelkuchen mit Zimteis und einem Berg Schlagsahne darauf. Fast automatisch hörte sie die tadelnde Stimme ihrer Mutter: ›Kora, dieses fette Essen ist nicht gut für dich. Du musst auf deine Figur achten.‹

Kora schmunzelte und schüttelte den Kopf. *Extra viel Soße!*, beschloss sie im Stillen.

Kurze Zeit später wanderte die Familie fröhlich am See

entlang in die Stadt. Es gab viele kleine Cafés und Bistros in Snjórley, aber nur ein einziges Restaurant und in das wollten sie gehen. Die Reservierung hatte Kora schon Tage vor ihrer Abreise gemacht und mindestens genauso lange freute sie sich auf den Besuch im »Goldenen Schlitten«.

Kora erinnerte sich noch genau daran, wie sehr sie damals gestaunt hatte, als sie mit ihren Eltern zu Gast in diesem Restaurant gewesen war. Es war ihr fünfter Geburtstag gewesen und sie war sich mächtig erwachsen vorgekommen, weil sie das erste Mal in ein echtes Restaurant mitgehen durfte. Damals war es ihr wie der Eintritt in eine völlig eigene Welt vorgekommen. Märchenhaft und verzaubert. Sie hoffte inständig, dass dieses einmalige Etablissement inzwischen nicht zu Tode modernisiert worden war und dass ihre kindliche Phantasie ihr keine falschen Erinnerungsbilder eingepflanzt hatte. Doch vor allem hoffte sie, dass sich auch ihre Töchter in den einzigartigen Anblick verlieben würden. So wie sie selbst vor all den Jahren. Voller Erwartungen betrat sie mit ihrer Familie das Restaurant und all ihre Hoffnungen erfüllten sich.

»Seht euch das an«, raunte sie staunend.

Der »Goldene Schlitten« war eine Welt aus Eis. Kunsteis, aber dennoch perfekt. Die Tische, die Stühle, alles war aus weißblauem Glas, die Wände hatten die Struktur einer Frosthöhle und der Boden war bedeckt mit einer sehr echt wirkenden Schneeschicht. Von der gewölbten Decke hingen kleine Kronleuchter in Form von Eiszapfen. Einer über jedem Tisch. Sie brachen das Licht wie Diamanten, warfen tanzende Lichter auf die Wände und tauchten das Restaurant in ein sanftes, sich stetig bewegendes Leuchten. Der »Goldene Schlitten« war ein Ort, den jemand geradewegs aus einem Märchenbuch herausgelesen haben musste. Ein wahres Wintermärchen. Es war genauso schön, wie Kora es in Erinnerung hatte.

»Woooow!«, riefen Jonna und Elin wie aus einem Munde. Ihre Köpfe drehten sich neugierig nach allen Seiten.

»Guten Abend.«

Die Restaurantangestellte brach den Bann, den der Anblick der Einrichtung über die Familie verhängt hatte. Sie lächelte und sah jeden ihrer frisch eingetroffenen Gäste mit einem herzlichen Strahlen an. »Ich bin Runa, Ihre Bedienung für heute Abend. Sie sind sicher Familie Jørmundssøn?« Es klang weniger wie eine Frage und mehr wie eine Feststellung.

»Uh, ja.« Ben musste ein überraschtes Gesicht gemacht haben, denn die Kellnerin lächelte verlegen und sagte: »Wir haben schon auf Sie gewartet. Kommen Sie, ich bringe Sie zu Ihrem Tisch.«

Kora war sich fast sicher, dass Ben vielmehr über die kobaltblau gefärbten Haare der jungen Frau gestaunt hatte, als darüber, dass sie sofort wusste, welche Familie da vor ihr stand. So etwas sah man selbst in der Stadt nicht allzu oft, aber in diese Umgebung fügte sich die Haarfarbe perfekt ein. Ob die junge Frau sie sich deshalb blau gefärbt hatte?

Die Familie folgte Runa durch das Restaurant an einen runden Tisch im hinteren Bereich. Auf dem Weg dorthin sahen sie ein paar Gäste, die ganz auf ihre Speisen konzentriert waren. Zu Recht wie Kora fand, denn es sah alles köstlich aus und duftete unverschämt gut. Ihr lief sofort das Wasser im Mund zusammen und ihr Magen gab ein verräterisches Knurren von sich.

Einer nach dem anderen nahmen Kora und ihre Familie Platz und staunten reihum über die geschnitzten Bilder, die sich unter dem Glas in der weißen Tischplatte zeigten. Besonders Jonna konnte sich nicht sattsehen. Sie war ganz in ihrem Element und fuhr mit dem Finger die Konturen der Szenerie nach.

Runa brachte ihnen umgehend die Speisekarten und einen Korb mit herrlich duftendem Brot, den sie mit einem wissenden Zwinkern in Koras Richtung abstellte. Kora spürte, wie ihr die Röte in die Wangen stieg, griff dann aber dankbar lächelnd zu und biss genüsslich in das noch warme Backwerk. Schmeckte sie da etwa eine Spur von Zimt? *Himmlisch!*

»Ich bin gleich mit den Getränken zurück«, verkündete Runa und eilte davon.

Kora sah sich kauend um. Während sich die Gäste leise unterhielten, wirkten die Angestellten sehr schweigsam und bedrückt. Die gedämpften Laute erzeugten eine Atmosphäre, die das Restaurant nur noch mehr der realen Welt entrückte. Kora fragte sich, was die Mitarbeiter des Restaurants gemeinschaftlich so unglücklich machen konnte.

»Seltsam«, sagte sie zu Ben.

»Was denn?«

»Das Restaurantpersonal. Es sieht ziemlich niedergeschlagen aus. Als wäre jemand gestorben. Und kann es sein, dass sie uns anstarren?«

»Sie sind sicher nur neugierig. Das ist eine kleine Stadt und wir sind eine *laute Familie*«, meinte Ben und betonte die letzten Worte mit einer Grimasse für seine Töchter. Die lachten gleich noch lauter.

Kora aber konnte nicht anders, als ein wenig zu frösteln. Als Runa mit den Getränken zurückkehrte, sah sie dieselbe Mischung aus Melancholie und verschämter Neugier auch in deren Augen. Die junge Kellnerin versuchte, es hinter einem hinreißenden Lächeln zu verbergen, doch nun, da Kora es einmal bemerkt hatte, war es nicht mehr zu übersehen.

Elin und Jonna hatten für die flüsterleise Stimmung im

Restaurant keinen Sinn. Sie krakeelten und spielten Handklatschspiele, doch ihre kindlichen Stimmen wurden von der unwirklichen Schneewelt fast verschluckt.

»Mami, kann ich auch so blaue Haare haben wie Runa?«, fragte Elin übermütig.

Ben verschluckte sich an seinem Rotwein und spuckte ein paar Tropfen auf die Tischplatte. Er stellte das Glas schnell ab, bevor er eine noch größere Schweinerei anrichten konnte.

»Wenn du so alt bist wie Runa, kannst du mit deinen Haaren machen, was du willst«, nuschelte er hinter der Serviette, mit der er die roten Flecken von seinen Lippen tupfte.

Kora lachte über seine schockiert geweiteten Augen und tätschelte ihm die Hand, während Elin enttäuscht die Lippen schürzte.

Sie aßen an diesem Abend so viel, dass ihnen fast die Bäuche platzten, und die Mädchen lachten über diese Vorstellung aus ganzer Kehle. So viel Lachen. Später würde sich Kora an die Stimmen ihrer Töchter erinnern, als wäre es erst gestern gewesen. Diese wundervollen Stimmen.

Ben und Kora hoben die Mädchen wie Flugzeuge durch die Luft, als sie sich schließlich auf den Heimweg machten. Bis sie in der Hütte ankamen, waren die Zwillinge auf den Armen ihrer Eltern eingeschlafen und rutschten ohne Protest unter die Decken. Sie merkten nicht einmal, wie Kora und Ben ihnen die Jacken und Schuhe auszogen. Sie küssten ihre Töchter auf die Stirn, bevor sie einander küssten.

Das warme Gefühl dieser Zeit war das Schönste, was Kora sich für ihr Leben vorstellen konnte. Nie hätte sie erwartet, dass dieses Leben kurz davor war, sich grundlegend zu ändern.

ie Herrin des Winterhofs stand allein auf der Turmzinne und schaute hinunter auf ihr Reich. Mondlicht legte sich um ihre Schultern wie ein seidener Umhang und Nebelschwaden schmiegten sich um ihre Fußgelenke wie Priester, die ihrer Göttin huldigten. Sie reckte die Arme den Sternen entgegen und schloss für einen Moment die Augen. Der weiße Tod umarmte sie, strich ihr mit vertrauten Fingern zärtlich über die blasse Haut und sie badete in seiner Kälte. Der Drang, den Winter hinauszuschicken, wurde stärker, fast unerträglich. Sie wollte ihn sein Werk verrichten und alles verschlingen lassen, was zu schwach, zu alt oder zu dumm war, vor ihm davonzulaufen. Vor ihr. Der Schnee war ihr anmutiger und todbringender Herold und sie war seine Meisterin, seine Königin – die Schneekönigin.

Jedes Jahr entfesselte sie den Winter und wurde für eine Weile von solcher Euphorie erfüllt, dass sie allen Kummer und alle Reue darüber vergaß. Ihr weißer Tod brachte Kälte, Stille und Glückseligkeit. Ein unvergleichbarer Rausch, der sie jede Schuld vergessen ließ. All die genommenen Leben, all die zerstörten Schicksale. Nicht einmal das Herz der Schneekönigin war kalt genug, um die Bürde ihrer Taten spurlos an sich vorbeiziehen zu lassen. Zehn Leben hatte sie inzwischen damit verbracht, Schnee und Eis über die Länder zu schicken und damit mehr und mehr Schuld auf sich zu laden. Doch nun wurde sie schwächer und drohte von ihrer eigenen Natur verschlungen zu werden. Niemand kann dem Tod entkommen, so sagt man, und der Fährmann wartete schon viel zu lange darauf, die Herrin des Winterhofs auf ihre letzte Reise zu begleiten.

Noch nicht, alter Freund, noch nicht.

Die Schneekönigin besaß nicht länger die Kraft, den Winter auszuschicken. Ihre Macht über Schnee und Eis verlor sich inzwischen dicht hinter den Grenzen ihres Reiches, wo die Magie des Sommerhofs ungehindert gegen ihre Barriere drückte. Es dürstete sie danach, den Winter zu befreien, den schlagenden Herzen den Rhythmus zu stehlen und die Blätter jeder einzelnen Pflanze zu vereisen, bis der Baumkönig selbst vom Frost verschlungen wurde. Es verlangte sie mit solch einer Intensität nach

Eisregen, Schneesturm und gefrorenen Flüssen, dass sie das Gefühl hatte, ihre Adern stünden unter ihrer Haut in Flammen. Ihre Regentschaft als Schneekönigin verlangte einen hohen Preis, doch wenn sie die Magie des Winters durch ihre Adern pulsieren spürte, dann waren all die Schattenseiten ihres Daseins vergessen.

So viele schlagende Herzen, dachte sie mit düsterem Verlangen, als sie auf die winterlich beleuchtete Stadt am Ufer des Sees blickte. Sie schloss die Augen und lauschte. *Bumm-bumm, bumm-bumm.* Ein chaotischer Kanon aus Herzschlägen. Sie hörte die leisen Schläge derer, die Teil des Winterhofs waren, und sie hörte die kraftvoll pulsierenden Schläge jener ahnungslosen Narren, die als Touristen ihr Reich besuchten. Eines dieser Herzen würde ihr Erlösung bringen.

»Meine Königin?«

Die Schneekönigin blinzelte und nahm langsam die Arme herunter. Schneeflocken umkreisten sie wie winzige Monde, als sie sich zu ihrer Besucherin umwandte. Sie wirkte zerbrechlich und verloren in den eisigen Gemäuern des Palasts. Die neue Späherin des Winterhofs war jung und ihr Blut noch so viel wärmer als das des älteren Gefolges. Vor fünf Jahren erst war sie zu ihnen gestoßen, das Herz voller Wärme und Hoffnung. Mit der Zeit würde auch dieses Herz abkühlen und leiser werden, doch es würde nie so kalt und still sein wie das der Schneekönigin.

»Du kommst spät, Runa.«

»Es war sehr viel zu tun im Restaurant«, antwortete die junge Frau mit dem kobaltblauen Haar.

»Hast du gute Nachrichten für mich?«, fragte die Schneekönigin und sah die Späherin knapp nicken.

Runa würde Zeit brauchen, um die Notwendigkeit ihrer Aufgaben zu akzeptieren. Noch sah man ihr die Gewissensbisse an und den Wunsch danach, einen anderen Weg zu finden für das, was geschehen musste. Vielleicht gab es auch einen weiteren Schmerz, den sie versuchte, hinter ihrem lieblichen Anblick zu verbergen.

»Die letzten Touristen sind heute eingetroffen.«

»Und?« Die Schneekönigin wirkte ruhig und gefasst, aber sie hörte die Ungeduld in der eigenen Stimme.

»Die Frau ist hier«, verkündete Runa und schaute beschämt zu Boden.

»Endlich«, seufzte die Herrin des Winterhofs erleichtert. »Sei nicht traurig, Runa. Du kannst dich nicht gegen den Lauf der Dinge wehren und du trägst keine Schuld an dem, was geschehen wird.«

»Sie ist nicht allein«, grämte sich Runa mit schwacher Stimme. »Sie hat eine Familie. Einen Mann und zwei Töchter.«

Die Schneekönigin zuckte mit den Schultern. »Das spielt keine Rolle.«

»Aber das sollte es. Ihre Familie wird um sie weinen.«

»So wie du um mich weinen wirst«, sagte die Schneekönigin und strich ihrer Späherin sanft über die Wange.

Runa senkte den Blick und brachte keinen Ton heraus, aber das war auch nicht nötig, denn die Schneekönigin wusste genau, was in Runa vorging. Dennoch konnte es nichts an dem ändern, was vor ihnen lag.

Die Herrin des Winterhofs wickelte sich den weißen Tod um Arme und Hände und schloss ihn tief in ihr eiskaltes Herz ein. Die Zeit lief ihr davon, doch noch war es möglich, alles zu richten. Bald schon würde der Winter seine volle Stärke zurückerlangen.

»Es ist nicht fair«, flüsterte Runa.

»Das Universum schert sich nicht darum, was uns fair erscheint, wer lebt und wer stirbt oder wie viele Tränen wir vergießen. Es interessiert sich nur für den ewigen Kreislauf und wir sind bloß die austauschbaren Einzelteile eines Uhrwerks, das niemals stillstehen darf.«

Die Schneekönigin schüttelte das Mondlicht ab und streckte die Hand nach der Späherin aus. Runa nahm sie, ohne zu zögern, und zusammen verließen sie die Turmzinne. Sie schritten die Stufen hinab und begaben sich ins Innere der eiskalten Festung. Die junge Frau folgte ihrer Königin mit leisen Schritten und trug das laute Pochen ihres Herzens wie einen Ruf der Schande vor sich her.

Zielstrebig ging die Schneekönigin auf den magischen Brunnen zu und tauchte die Hand mit einer fließenden Bewegung in das klare Wasser. Seichte Wellen liefen über die Oberfläche.

»Zeige sie mir.«

Kora rieb sich ein Auge und gähnte lauthals, als sie die letzte Stufe zum Erdgeschoss hinter sich ließ. Die Diele knarzte unter ihren Schritten und sie betrat das geräumige Wohnzimmer. Sofort schlug ihr ein dicker, warmer Dunst entgegen und schnell schloss sie die Türe hinter sich, damit die Wärme nicht entweichen konnte.

Das Erste, was sie entdeckte, waren die Zwillinge, die in sicherem Abstand zu dem flackernden Kaminfeuer auf einem der Felle saßen und spielten. Während Jonna bäuchlings liegend still vor sich hin malte und die Füße dabei in die Luft streckte, saß Elin im Schneidersatz da und ließ ihr Feuerwehrauto hin und her sausen. Sie ahmte die Geräusche quietschender Reifen und lauter Motoren nach und schickte die imaginäre Besatzung an ihren Einsatzort. Sie positionierte den Miniatureinsatzwagen in Richtung des

Kaminfeuers und drückte den Knopf, der es dem Spielzeug erlaubte, eine kleine Wasserfontäne ins Feuer zu schicken. Kora musste schmunzeln, als Elin ihrem Einsatzleiter befahl, die Männer und Frauen abzuziehen. Das Feuer hatte offenbar die ganze Keksfabrik in seiner Gewalt und das Gebäude war nicht mehr zu retten. So sehr sich Koras Töchter äußerlich ähnelten, so grundverschieden waren ihre Persönlichkeiten. Jonna versank manchmal derart tief in ihren Traumwelten, dass sie von ihrer Umgebung kaum noch etwas mitbekam. Elin dagegen musste immer mitten im Geschehen sein und träumte davon, eines Tages eine echte Feuerwehrfrau zu werden.

Kora bemerkte Ben, der vor dem weiten Panoramafenster des Wintergartens stand und die üppigen Schneeflocken beobachtete, die langsam zu Boden schwebten. Er trug einen weiten grauen Strickpullover, darunter schwarze Pyjamahosen und Wollsocken. Er konnte es nie warm genug haben und so boten sie ihren Freunden eine endlose Quelle für die immer gleichen Witze darüber, dass es Ben ständig zu kalt und Kora zu warm war.

Bens Finger umschlossen eine bauchige Tasse und jetzt bemerkte auch Kora den frischen Kaffeeduft, der in der Luft lag. Mit Vorfreude füllte sie sich selbst eine Tasse mit dem schwarzbraunen Gold aus der Thermokanne und nippte daran. Eine gute, kräftige Mischung umspielte ihre

Zunge, während aus den Lautsprechern der Musikanlage *Verd Mín* von Eivør Pálsdóttir zu ihr herübertönte.

Mit der Tasse in der Hand schlenderte sie zu ihrem Mann. Die Mädchen nahmen sie gar nicht wahr, sie waren völlig versunken in ihren jeweiligen Phantasiewelten.

»Guten Morgen, Liebling«, raunte sie Ben ins Ohr und küsste ihn auf den Nacken.

»Na, sieh an, wer da endlich aufgewacht ist. Hast du gut geschlafen?«

»Wie ein Stein!«, antwortete sie ihm glückselig. »Es ist so unglaublich schön hier. Findest du nicht auch? Ich habe das unheimlich vermisst.« Sie ließ ihren Blick über die weiß bedeckte Welt gleiten, die sich vor ihnen erstreckte und über den spiegelglatten See, auf dem bereits ein paar Dorfbewohner und Touristen ihre Kreise auf Schlittschuhen zogen. Sie waren nur winzige dunkle Punkte in der Ferne.

»Der Anblick hat etwas für sich«, meinte Ben nickend.

»Ich könnte hier für immer leben und den Schneeflocken beim Fallen zusehen.«

»Solange uns nicht das Feuerholz ausgeht, bin ich dabei!« Er lachte und Kora schmiegte sich an seine Brust.

»... *Nomi Alvas wird seit dem Abend des 11. Dezember vermisst. Die Polizei tappt weiterhin im Dunkeln und bittet um sachdienliche Hinweise aus der Bevölkerung ...*«

Der Nachrichtensprecher des Radiosenders unterbrach das laufende Musikprogramm, um seine Liste mit den aktuellen Meldungen durchzugehen. Kora merkte, wie sich ihr ganzer Körper anspannte. Die ungewöhnlichen Wetterphänomene waren das eine, entführte Kinder etwas ganz anderes. Ohne es zu wollen, spielten sich in Koras Kopf sofort ein Dutzend Horrorszenarien ab, die alle mit einem kleinen toten Körper endeten.

»Schrecklich«, sagte sie und schmiegte sich an Ben. »Ich habe schon auf der Fahrt hierher davon gelesen. Stell dir bloß einmal vor, wie es sein muss, wenn einem das Kind weggenommen wird.«

»Das will ich mir nicht vorstellen.« Ben schüttelte den Kopf. »Und du solltest das auch nicht.«

»Ich wünschte, ich könnte es abschalten.«

Danach schwiegen sie eine Weile, bis der Sprecher mit seinen Meldungen fertig war und das Radio wieder fröhlichere Klänge anstimmte.

»Was hältst du von Waffeln, bevor wir uns in die arktischen Zustände da draußen wagen?«, fragte Ben schließlich und Koras Geister erwachten zu neuem Leben.

»Waffeln?«, rief Elin plötzlich aus dem Nichts und schaute ihre Eltern erwartungsvoll an. So viel dazu, dass sie in ihre Phantasiewelt versunken sei.

In den folgenden Nächten träumte Kora von einer Zeit, lange bevor die Menschen geboren waren. Woher sie das wusste, konnte sie nicht sagen, es war eben so. *Damals.*

Zuerst blickte sie durch die Augen eines zotteligen Mammuts mit langem, anormal weißem Fell und trottete mit schweren Schritten über gefrorene Erde. Nach einer Zeit, die ihr wie Jahrzehnte, vielleicht sogar Jahrhunderte erschien, fand sie sich in dem agilen Körper einer ebenso weißen Schneehäsin mit langen Löffeln wieder. In ihrer neuen tierischen Form sprang Kora über grüne Wiesen, doch wenn sie zurückblickte, war alles weiß und schneebedeckt. Ein wildes Schneegestöber folgte ihr und überzog die Welt mit Eis und Frost. Kora mochte ihre Gestalt als Häsin, in der sie so flink und leicht durch die Landschaft sprang und den Winter hinter sich herzog wie

die Schleppe eines Kleides. Alles war in Ordnung. Alles war, wie es sein sollte.

Sie kam an einen kleinen Tümpel. In seinem Wasser spiegelte sich ihr schlanker Hasenkörper mit dem weißen Fell und den eisblauen Augen. Ihre Nase zuckte und schnüffelte. Sie hopste ein Stück weit um den Tümpel herum und begann mit der Pfote über ein trockenes Grasbüschel zu scharren. Sie schob es zur Seite und in einer Vertiefung lag ein schlafendes Hasenjunges. Sein rotbraunes Fell war flauschig und weich, sein Bäuchlein hob und senkte sich. Die Häsin leckte dem Jungen übers Fell, dreimal, viermal, dann löste sich ein goldener Schleier von dem winzigen Geschöpf und die Häsin fing ihn mit ihrem kleinen Maul ein. Ihre Zunge schnellte immer wieder vor und sammelte die goldenen Tupfen aus der Luft. Als es kein Gold mehr gab, schnüffelte sie noch einmal und sprang ihres Weges, als wäre nichts geschehen. Das Junge aber war ganz still geworden und der Winter folgte der Häsin weiter über das Land und bedeckte auch das Hasenjunge mit einer weichen Schneeschicht.

Der Traum endete stets an derselben Stelle. Es war eine friedliche Szene, trotzdem schüttelte sich Kora, als sie nach dem Aufwachen an die weiße Häsin und das Junge in der Erdmulde dachte und an den goldenen Nebel, der die Häsin fast ekstatisch werden ließ. Was mochte es zu bedeuten haben? Warum kroch ihr bei der Erinnerung daran eine Kälte in die Glieder, die nichts mit der Kälte des Winters zu tun hatte?

Sie hätte gerne eine Weile darüber nachgedacht, doch die aufgeregten Rufe und das hektische Fußgetrippel im Hausflur holten Kora ins Hier und Jetzt zurück. Sie streckte ihre Glieder, gähnte laut und schob die Fragen beiseite, um sich den Unternehmungen des Tages zu stellen.

Seit die Familie in Snjórley angekommen war, hatte es jeden Tag geschneit. Jeden Morgen wurde Kora von einer herrlichen Winterlandschaft vor den Fenstern begrüßt. Auch heute liefen sie durch dicke Schneeflocken, die sich auf ihren Wollmützen sammelten. Auf wackeligen Beinen glitten Ben, Jonna und Elin am Mittag mit Schlittschuhen über den gefrorenen See. Kora dagegen schien ganz in ihrem Element zu sein. Sie liebte das Eis. Es gab ihr die seltene Gelegenheit, die Geschwindigkeit zu genießen, ohne sich dabei allzu sehr zu verausgaben. Das Eis verlangte viel weniger Anstrengung von ihr als die Straße und belohnte sie mit kaltem Wind, der ihr durch das Haar fuhr, und dem Gefühl zu fliegen, wenn sie die Arme ausbreitete. Auf dem Eis kam sie sich vor wie eine der vielen Schneeflocken, die neben ihr hertrieben. Fast schwerelos und frei.

Ben schnaufte und schimpfte leise vor sich hin. Er kämpfte schon bei dem Versuch, vorwärtszukommen, um sein Gleichgewicht … und seine Würde. Immer wieder geriet er ins Straucheln und wedelte ungeschickt mit den Armen, während Kora wie eine Eiskunstläuferin kichernd perfekte Bahnen um ihn zog. Sie lief wie selbstverständlich rückwärts, wechselte problemlos vom einen Fuß auf den anderen, lief scharfe Kurven oder glitt auf einem Fuß über das Eis. Sie sauste mit einer Geschwindigkeit und Sicherheit über die Eisfläche, dass Ben ihr bange Blicke zuwarf. Die Mädchen applaudierten ihrer Mutter, die kleine Kunststücke und sogar eine Sprungdrehung für sie vollführte.

»Angeberin!«, rief Ben seiner Frau zu. Er grinste, als er Kora lachen hörte.

»Mama ist eine richtige Eisprinzessin!«, staunte Jonna.

»Das ist sie«, nickte Ben.

Nach einer Stunde auf dem Eis waren alle außer Atem und sie schwitzten unter ihren dicken Mänteln. Sie entschieden, zur Hütte zurückzugehen, bauten ihre Schneefamilie vor der Einfahrt und drückten einen Schneeengel nach dem anderen in den Vorgarten. Am Nachmittag beschlossen sie, eine Werkstatt aufzusuchen, von der Kora in einem Werbeprospekt gelesen hatte. Eine offene Ausstellung, in der man zuschauen konnte, wie die Dorfbe-

wohner Eisskulpturen für das Schneefestival anfertigten. Die große Halle befand sich etwas abgelegen am Rande der Stadt, wo es mehr als ein Gebäude gab, auf das die Beschreibung passte. Die Bewohner von Snjórley waren glücklicherweise genauso freundlich und hilfsbereit, wie man es sich bei einer Kleinstadt wie dieser gern vorstellte, und gaben Kora und Ben bereitwillig Auskunft. Es folgten fast immer weitere Ratschläge für neue Unternehmungen und alle erzählten der Familie von dem großen Schneefestival, das in einigen Tagen stattfinden sollte. Sie schwärmten von der offenbar bezaubernden jungen Frau, die in den letzten Jahren die Rolle der Schneekönigin mit Würde und Anmut verkörpert hatte. Jedes Mal, wenn die Zwillinge es hörten, schien sich ihre Aufregung zu verdoppeln.

Deutlich später als geplant, erreichten sie die Werkstatt und wurden auch hier von den Einwohnern Snjórleys freudestrahlend begrüßt. Andere Touristen tummelten sich ebenfalls zwischen den unheimlich detaillierten Eisskulpturen. Sie zeugten von einer handwerklichen Perfektion, über die Kora nur ehrfürchtig staunen konnte. Jeder Muskel, sogar Äderchen zeichneten sich auf den gläsernen Armen der Figuren ab.

»Beeindruckend«, fand auch Ben.

»Mami, schau! Da ist Runa und sie küsst ein Mädchen«, flüsterte Jonna in einem Tonfall, als hätte sie gerade jemanden beim Ladendiebstahl erwischt. Sie hielt die Hand ihrer Mutter fest gedrückt und wies mit der anderen konspirativ zu der Bedienung aus dem »Goldenen Schlitten«, die einen wirklich sehr zärtlichen Kuss mit einer anderen Frau teilte.

»Heiß«, murmelte Ben. Kora stieß ihm sofort den Ellbogen in die Seite und er grinste spitzbübisch.

»Also ich finde es hier ganz schön kalt«, meinte Elin.

Ben prustete und bemühte sich sichtlich um Fassung. *Schelm.*

Doch auch Kora selbst schaute den beiden Frauen länger zu, als es höflich war, und beobachtete, wie die blauhaarige Runa sich schließlich von ihrer Partnerin löste. Sie schmiegten die Gesichter aneinander und Runa streichelte den Nacken der anderen. Sie sagte etwas zu der jungen Blondine und Kora bemerkte, dass Runas Lippen dabei zitterten. Dann stand Runa auf und eilte davon. Es wirkte fast wie eine Flucht. Sie rieb sich mit dem Ärmel ihres Pullovers die Augen. *Tränen?* Runas Freundin blickte der Bedienung einen Moment nach, dann wandte sie sich ihrem Eisblock zu und begann mit sicheren Griffen dünne Schichten abzuschleifen. Sie hatte bereits zwei Drittel einer überlebensgroßen Eisskulptur freigelegt. Es war eine kühl dreinblickende Frauengestalt, die ein reich verziertes Kleid und eine Krone mit einem blauen Stein darin trug.

Der Blick der Statue war so hart und einschüchternd, dass Kora sich plötzlich ganz klein und hilflos fühlte.

»Die Schneekönigin!«, rief Elin und rannte sofort los, um sich die Eisskulptur näher anzusehen. Der Rest der Familie folgte ihr in deutlich geringerem Tempo. Bis sie zu Elin aufgeschlossen hatten, befand die sich bereits in einem Gespräch mit der Künstlerin.

»Mami! Ida ist die Schneekönigin!«, berichtete Elin aufgeregt.

»Wirklich?«, fragte Kora und griff die Euphorie ihrer Tochter auf.

»Ja, wirklich, Mami!«

»Das ist toll.«

»Papi, findest du das nicht auch toll?« Elin schaute ihren Vater bohrend an, als würde sie ihn in Gedanken dafür ausschimpfen, dass er noch keine Begeisterung für die Schneekönigin kundgetan hatte.

»Ehm, ja natürlich ist das toll!«, rief er daher schnell und wirkte erleichtert, als Elin zu lächeln begann.

»Du musst Ida jetzt ›hallo‹ sagen, Papa«, flüsterte das Mädchen.

»Da hast du recht. Natürlich. Guten Tag, ich bin Ben«, stellte er sich vor und hielt Ida die Hand zur Begrüßung hin.

Kora beobachtete, wie die fremde Frau ihn anschaute, als wäre er ein Ding aus einer anderen Welt. Zögernd schüttelte sie ihm die Hand, kurz und bestimmt. Es schien ihr unangenehm zu sein, ihn zu berühren oder gar mit ihm zu reden.

»Ida«, antwortete sie ihm ausdruckslos.

Die Begrüßung wirkte unerwartet frostig auf Kora, verglichen mit den übrigen Dorfbewohnern, die man schon fast als aufdringlich höflich bezeichnen konnte.

»Willkommen in Snjórley. Gefällt es Ihnen bisher?«, hörte sie Ida fragen.

»Oh ja, es ist erstaunlich. Wie kommt es, dass es hier so viel kälter ist als im Rest der Welt?«, fragte Ben.

»Snjórley liegt in einem Gebirgskessel, wie Sie auf Ihrer Fahrt hierher sicher gemerkt haben. Von den Gipfeln der Berge strömt kalte Luft herunter und sammelt sich im Tal. Hier ist das ganze Jahr über Winter.«

»Das ganze Jahr?«, rief Elin fassungslos.

»So ist es.«

»Aber das geht doch nicht!«

»Magst du den Winter nicht?«, fragte Ida.

»Es geht so. Für eine Weile macht es Spaß, im Schnee zu spielen, aber irgendwann wird es mir zu kalt.«

»Ich verstehe. Aber ihr werdet doch gewiss zum Schneefestival kommen?«

»Unbedingt. Darauf freuen sich die Mädchen schon, habe ich recht?«, fragte Ben die Zwillinge.

»Jaaaaa!«, riefen Elin und Jonna aufgeregt auf der Stelle hüpfend.

Ida nickte und ihre eisblauen Augen richteten sich auf Kora. Die Kälte kroch ihr plötzlich bis in die Knochen und sie zog die Jacke fester zusammen, obwohl ihr die Kälte selbst nicht viel ausmachte. Koras Frösteln war wohl eher dem Umstand geschuldet, dass Idas distanzierte Art sie genauso unheimlich wirken ließ wie ihre Eisskulptur. Wenn Kora es recht bedachte, dann sahen sich Künstlerin und Werk tatsächlich sehr ähnlich.

»Dieses Jahr ist das Festival ein ganz besonderes«, sagte Ida.

»Warum denn?«, fragte Jonna wissbegierig.

Ida ging vor ihr auf die Knie. Sie strich Jonna mit einer blassen Hand die dunklen Haare aus dem Gesicht und sah das Mädchen mit regloser Miene an.

»Dieses Jahr bekommen wir eine neue Königin.« Sie zeigte auf ihre Skulptur. »Eine neue Schneekönigin.«

»Ich dachte, du bist die Schneekönigin.«

»Das bin ich. Jetzt noch.«

»Warum willst du denn aufhören?«, wollte Elin wissen.

»Oh, alle Königinnen müssen irgendwann Platz für ihre Nachfolgerin machen. Keine von uns kann ewig regieren.«

Ida schaute von Elin und Jonna zu Kora und wieder zu den Kindern. Ihre Ruhe machte Kora nervös. Die amtierende Schneekönigin lächelte den Mädchen zu, aber es war ein eigenartiges Lächeln, eines in dem keine Wärme lag.

»Also ich würde für immer die Schneekönigin bleiben!«, verkündete Elin.

»Schneekönigin zu sein fordert einen hohen Preis, Elin«, sagte Ida ernst. »Du darfst nie wieder die volle Sonne sehen. Der Winter begleitet dich mit jedem Schritt. Ganz gleich wohin du gehst, Eis und Schnee werden dir folgen.«

»Auch, wenn eigentlich Sommer ist?«, mischte sich Jonna ein.

»Ja, Jonna, auch dann.«

»Das ist nicht so schön«, meinte das Mädchen nachdenklich. »Lebst du wirklich in einem Schloss, Ida? Auf dem See? Eins, das man nur sehen kann, wenn man eine Schneeflocke mit dem Auge fängt?«

Ein Schatten zog über Idas hellblaue Augen. »Wer hat dir das erzählt?«, fragte die Frau. Sie wirkte plötzlich ein wenig angespannt.

»Mama hat das gesagt.«

Ida warf Kora einen eiskalten Blick zu. »Deine Mama glaubt offenbar an Märchen.«

»Dann stimmt es gar nicht?«, hakte Jonna nach.

»Natürlich stimmt es nicht.« Idas Stimme klang härter als zuvor und sie wandte sich von dem Kind ab.

»Och menno«, sagte Jonna enttäuscht.

»Na, wenn ich die Schneekönigin wäre und ein geheimes Schloss hätte, dann würde ich auch nichts zugeben!«, steuerte Ben schnell bei und küsste Jonna auf den Kopf. Das Mädchen lächelte sofort und drückte seinen Vater.

Ida sagte nichts. Sie schaute die Familie nur weiter ausdruckslos an und Kora kam es vor, als bohrten sich Idas Blicke tief in ihre Seele.

Sie schüttelte sich. Einen Menschen wie Ida hatte Kora noch nie getroffen. Auf den ersten Blick schon war sie von ihr in einer Mischung aus Furcht und Anziehung fasziniert gewesen. Sie hatte so eine geheimnisvolle, fesselnde Ausstrahlung. Nicht auf aufdringliche, offensichtliche Art. Es war wie ein subtiles Summen, wie das Flüstern dieser inneren Stimme im Hinterkopf. Ida hatte etwas an sich, das sich nicht in Worte fassen ließ. Und sie war schön. Beneidenswert schön. Ihre Haut war so hell, dass man ihre Venen wie ein pastellviolettes Spinnennetz darunter sah. Ihr Körperbau war zart und beinahe fragil, ihr langes Haar fiel ihr in weißblonden, glänzenden Strähnen über die nackten Schultern. Ihre Bewegungen waren fließend und ihre ganze Haltung zeugte von großem Selbstbewusstsein. Wenn sie einen ansah, kroch einem die Gänsehaut die Arme hoch bis in den Nacken. Ida hatte sehr markante Augen und solange Kora lebte, würde sie sich an diese Augen erinnern. Eisblau und ebenso kalt wie die Skulptur, an der die junge Frau arbeitete. Ida verströmte eine unmissverständliche Aura der Erhabenheit und Kora fragte sich, woher dieser Eindruck kommen mochte. Snjórleys Schneekönigin wirkte äußerlich jung. Sie konnte noch nicht lange volljährig sein. Doch sie sprach auf eine Weise, die sie älter, sehr viel älter erscheinen ließ.

Kora warf einen verstohlenen Blick zu Ben, um zu sehen, wie er auf Ida reagierte. Aber Ben, ihr wundervoller Ben, schenkte der blassen Schönheit kaum Beachtung. Er interessierte sich vielmehr für die Künstler, die mit präzisen Handgriffen ihre Skulpturen bearbeiteten und sie vorsichtig auf Transportplattformen verluden. Ein Lächeln umspielte Koras Lippen und sie wandte sich wieder Ida zu.

»Frieren Sie gar nicht?«, fragte Kora mit Blick auf die nackten Schultern und Hände der jungen Frau.

Ida winkte ab. »Das Leben in Snjórley härtet einen gegen die Kälte ab.«

Die Dorfbewohner gaben Ida recht, denn sie alle trugen nur leichte Kleidung. Kaum jemand schien eine richtige Winterjacke zu brauchen. Sie waren dadurch deutlich von den dick eingepackten Touristen zu unterscheiden.

»Warum hat Runa geweint?«, fragte Jonna plötzlich.

»Was?« Ida zuckte zusammen und ihre Hände erstarrten einen Moment in der Bewegung. Zum ersten Mal wirkte sie verunsichert.

»Das geht dich nichts an«, mahnte Ben ruhig.

»Schon gut«, sagte Ida. »Das hast du also gesehen, hm?«

Das Mädchen nickte.

»Ich wette, du siehst viele Dinge. Du hast sehr wache Augen.«

Jonna schaute Ida mit größtmöglicher Verwunderung an. Wie konnte man denn keine wachen Augen haben, wenn man wach war?

»Runa wird jemanden verlieren, darum ist sie sehr traurig.«

»Oh«, meinte Jonna, die verstanden hatte, dass es wohl um etwas Ernstes ging. »Ist Runas Mama krank? Meine Mama hat ein krankes Herz, und wenn es ihr nicht gut geht, dann wird Papa auch traurig. Aber er tut immer ganz tapfer und denkt, wir merken es nicht.«

»Jonna«, fuhr Ben dem Mädchen nun etwas strenger dazwischen. Er sprach nicht gerne über Koras gesundheitlichen Zustand. Er wurde auch nicht gerne daran erinnert, dass seine Frau vielleicht sehr viel früher sterben würde als er, schon gar nicht in Anwesenheit einer fremden Person.

»Runas Mutter ist nicht krank, Jonna, aber es wird jemand sterben, den sie liebt. Du weißt, was das bedeutet, nicht wahr?«

Jonna hatte Tränen in den Augen, als sie nickte.

»Ich denke, das reicht jetzt.« Ben nahm Jonna auf den

Arm, Elin an die Hand und entschuldigte sich knapp, ehe er mit den Mädchen zur nächsten Skulptur ging.

»Aber Papa, ich will mit Ida reden!«

»Ein andermal«, hörte Kora ihn brummen, während er sich weiter mit den Mädchen entfernte und die protestierende Elin einfach mit sich zog.

»Ich habe ihn wohl verärgert«, sprach Ida, ehe Kora ihm folgen konnte.

»Er wollte bestimmt nicht unhöflich sein.«

»Er glaubt, seine Töchter wären noch zu jung, um über den Tod zu sprechen.«

»Sie sind es«, antwortete Kora sofort.

»Es gibt kein geeignetes Alter, um dem Tod zu begegnen, Kora.«

Ida nahm Koras Hand mit einer schnellen Bewegung, die so fließend war, dass sie nicht merkte, was Ida tat, bis sie Koras Handfläche mit kühlen Lippen küsste. Ida ließ sie nicht aus den Augen und Kora fühlte sich unfähig sich zu bewegen. Die allzu intime Geste sorgte dafür, dass es Kora eiskalt den Rücken hinunterlief.

Als Ida sich schließlich abgewandt hatte, sah Kora auf ihre Hand und bildete sich ein, eine Schneeflocke zu erkennen, die unter ihre Haut sank und verblasste.

Erst als Kora am Abend im Bett lag, wurde ihr bewusst, dass sie Ida ihren Namen nie genannt hatte.

In ihrem Traum lief Kora barfuß durch den Schnee wie
schon so viele Male zuvor. Sie erkannte ihre Zuflucht
aus Kindheitstagen sofort wieder und spürte die Freude
darüber, hier zu sein. Wie lange es doch her war!

Alles schien wie immer. Ihr Winterhain war so makellos und friedlich, wie sie ihn in Erinnerung hatte. Nur eines
hatte sich verändert: Der Wald war vollkommen still und
Kora vermisste das eigentümliche Wispern der Bäume.

Sie schritt über die Lichtung, der glänzende Schnee
ächzte unter ihrem Gewicht und die weißen Flocken wirbelten ihr in tänzelnden Spiralen um die nackten Füße. Sie
wunderte sich nicht darüber, dass sie nicht fror. In ihrem
Winterhain war ihr noch niemals kalt gewesen.

Der Mond wirkte heute größer und heller, die Sterne
zahlreicher und in weiter Ferne war die Silhouette des

Schlosses mit seinen vielen hohen, spitzen Zinnen, deutlicher zu erkennen denn je. Seine eisigen Mauern glitzerten im Mondlicht wie die silberne Rüstung eines einsamen Ritters.

Kora spürte ihre Anwesenheit, bevor sie Ida sah. Die kühle Schönheit wartete unter der großen Eiche, am Rande der Klippe. Ein Feld aus blauen Eisblumen lag zwischen ihnen. Sie knirschten und barsten unter Koras Füßen, als sie auf Ida zuging, und in einem entfernten Winkel ihres Bewusstseins fragte sie sich, weshalb ihr die scharfen Kristalle nicht die Füße zerschnitten.

Ida trug das Gewand der Schneekönigin. Ein schweres weißes Kleid mit weichen Fellen an den Säumen der Ärmel. In der Umgebung ihres Traumes wirkte Ida wie jemand, der nicht von dieser Welt stammte. Die Frau schien zu leuchten und das Kleid funkelte im Mondlicht, als hätten sich tausende Sterne darauf zur Ruhe gebettet. Der Rock fiel weit herab und verschmolz scheinbar mit den Frostkristallen, die im Schatten der Baumkrone wuchsen. Es war kaum zu erkennen, wo der Stoff endete und der Schnee begann. Ida hatte das weißblonde Haar zu einer Flechtfrisur hochgesteckt und eine Krone aus Eis und blauen Saphiren ruhte auf ihrem Haupt. Alles an der Traum-Ida wirkte echt, in einem verzauberten, unwirklichen Sinne.

Als Kora näherkam, streckte Ida die Hand nach ihr

aus und Kora nahm sie ohne Furcht. Sie begegnete Idas Blick ohne Scheu, spürte die Kälte, die von ihrer Hand in die eigene strömte. Die Kälte war angenehm und löste ein wohliges Gefühl in Kora aus. Sie hatte ihren Winterhain wirklich vermisst.

»Als würde ich nach Hause kommen. Ich bin furchtbar lange nicht mehr hier gewesen.«

»Wer sich mit Wärme umgibt, vergisst den Schnee manchmal.«

»Nein, vergessen habe ich ihn nie«, widersprach Kora. »Warum bist du hier, Ida? Mich hat noch nie jemand auf meiner Lichtung besucht.« Kora empfand ihre eigene Stimme störend in dieser Umgebung.

»Ich will dir das Schloss zeigen«, antwortete die schöne Schneekönigin und im Gegensatz zu Koras Stimme fügte sich ihre wie die Melodie eines perfekt abgestimmten Instruments in diese eiskalte Welt ein.

»Das Schloss?«, fragte Kora aufgeregt und blickte in die Ferne, wo das leuchtende Bauwerk auch nach so vielen Jahren noch immer außerhalb ihrer Reichweite lag. »Du kannst mich dorthin bringen?« Kora lachte, als Ida zur Antwort nickte.

Die Blonde verschränkte ihre Finger mit denen von Kora, als wären sie Schwestern, die sich im Wald verlaufen hatten. Kora trat an den Stamm der gläsernen Eiche heran und blickte hinauf in die Baumkrone mit den unzähligen weißen Blättern.

»Lege deine Hand darauf«, wies Ida sie sanft an und Kora gehorchte.

Als Koras Hand den Stamm berührte, sah sie eine vertraute Schneeflockenform unter ihrer Haut aufleuchten, und der Baum antwortete mit demselben sanften Lichtschein. Bald schien es so hell aus ihm heraus, dass der Mond dagegen verblasste, und plötzlich schritt Kora an Idas Seite über einen kobaltblauen Teppich, dessen satte Farbe der einzige Kontrast in diesen Hallen war.

»Was ist passiert? Wie sind wir hierhergekommen?«, fragte Kora erstaunt.

»Es gibt viele Zugänge zum Eispalast und du wirst sie in Zukunft alle sehen und kontrollieren können.«

Sie liefen durch einen langen Gang. Blaue Flammen flackerten auf den Handflächen weißer Statuen wie kleine zutrauliche Tierchen. Die Flammen verströmten keine Wärme, sie waren kalt wie alles andere in dieser Welt. Für Kora jedoch war all das behaglich und vertraut und auf eine absurde Weise *warm*.

Ida führte sie tiefer in das Innere des Schlosses und Kora konnte ihre Aufregung kaum für sich behalten. Endlich war sie hier. Endlich durfte sie durch diese Mauern wandeln, die so glatt und makellos waren wie das ewige

Eis, aus dem sie erschaffen worden waren. Aber warum jetzt? Warum ließ ihr Traum sie nach so vielen Jahren das Schloss betreten? Lag es an Snjórley? Hatte dieses kleine verschlafene Städtchen Koras Phantasie so stark angeregt, dass sie endlich in der Lage war, sich das Innere dieses Palasts vorzustellen? Lag es an Idas seltsamer Ausstrahlung?

»Willkommen zu Hause, meine Königin.«

Kora erkannte die junge Frau sofort an ihren blauen Haaren, noch bevor sie ihr Gesicht gesehen hatte. Runa lächelte sie mit demselben freundlichen, aber wehmütigen Lächeln an, das sie Kora und ihrer Familie bei ihrer Ankunft geschenkt hatte. Ida reichte ihr die freie Hand und Runa nahm sie glücklich in ihre. Die beiden wirkten sehr vertraut miteinander und Kora ertappte Ida bei einem zärtlichen Lächeln. Nicht lange, nur für einen kurzen Wimpernschlag. Dann wurde das Gesicht der Schneekönigin wieder ausdruckslos und unergründlich.

Runa war nicht allein gekommen. Die Hälfte der Stadtbewohner schien sich im Schloss versammelt zu haben und zuzusehen, wie Ida und Kora über den Teppich schritten. Kora hatte ihre Gesichter überall in Snjórley kennengelernt und wunderte sich, wie gut sie diese Menschen in ihrem Traum erkennen konnte. Wie lange lief sie schon durch das Schloss? Es fühlte sich an wie eine Ewigkeit. Noch nie war sie so lange in ihrem Schneetraum gewesen.

»Kora?«

Sie hatte fast vergessen, dass Ida da war. Sie befanden sich jetzt in einem weiten Saal, in dem sich auf einem Podest aus vier harten Schneestufen ein Thron, umringt von glatt geschliffenen Eiskristallen, erhob. Groß und furchteinflößend, mit Stalagmiten aus Eis und Frost, die aus der Rückenlehne in die Höhe wuchsen, reckte er sich empor. Schneeflocken wirbelten hinter ihm in Spiralen umher und kalter Nebel strömte von ihm fort, die Stufen hinunter, wo er über den gläsernen Boden kroch. Zum ersten Mal, seit Kora Teil dieser Traumwelt geworden war, befiel sie eine beklemmende Furcht, die mit gierigen Händen nach ihrem Herzen griff. Sie spürte unstete, angestrengte Schläge. So langsam, dass Kora sicher war, ihr Herz würde gleich stehenbleiben. Sie holte tief Luft und trat einen Schritt zurück.

»Hab keine Angst, Kora.«

Doch Idas beschwichtigende Worte änderten nichts. Kora fürchtete sich in einem ihr bisher unbekannten Maße. Sie konnte nicht erklären, woran es lag, doch ihr Herz kämpfte, ihre Handflächen wurden feucht und sie konnte kaum noch atmen. Kora wandte den Blick von dem frostigen Ungetüm ab und zwang sich zur Ruhe.

»Was ist das?«, flüsterte Kora über das allzu vertraute Gefühl der Erschöpfung hinweg.

»Das ist der Thron der Schneekönigin, Kora, und er will dir gehören.«

»Was?« Plötzlich begann ihr Herz wieder schneller zu schlagen, zu schnell, und bald pochte es so hektisch in ihrer Brust, als kämpfe es mit jedem Schlag um Koras Leben.

»Komm und beruhige dich erst einmal. Ich werde dir alles erklären.«

Ida zog ihre Besucherin weiter und trat mit ihr an einen Brunnen. Runa wich ihnen nicht von der Seite und ihr blaues Haar spiegelte sich neben Kora und Ida auf der klaren Oberfläche. Das Wasser im Brunnen zog sanfte Kreise um eine geschlossene nachtblaue Knospe, die überzogen war von violettem Aderwerk. Kora hatte noch niemals eine so große Knospe gesehen.

Die Schneekönigin ließ ihre Hand durch das Wasser gleiten und eine Karte der Welt erschien anstelle ihrer Spiegelbilder. Es gab Farbverläufe von reinweiß bis nachtblau und welche von gelbgrün bis tiefdunkel orange. Die Pole waren schneeweiß, der Äquator strahlte fast durchgehend in einem saftigen rötlichen Ton.

»Das sind Klimazonen«, stellte Kora fest.

»Gewissermaßen.« Ida nickte. »Diese Karte zeigt die Gebiete, die von Winter und Sommer regiert werden. Die weißen Gebiete gehören allein dem Winterthron, die orangen allein dem Sommerthron. Es gibt Überschneidungen.

Je dunkler das Blau und je heller das Grün, desto mehr wechseln sich die Jahreszeiten zugunsten des einen oder des anderen Throns ab.«

Heiterkeit ergriff Kora, nun da sie Abstand zum Winterthron hatte. Sie kicherte und schüttelte den Kopf. Fasziniert und belustigt von den Ideen, die ihr in ihrem Traum kamen.

»Und gleich erzählst du mir, dass du auf deinem Schlitten über diese Länder und Kontinente ziehst, um den Winter in die sich überschneidenden Gebiete zu bringen.« Kora lachte erneut. Der Gedanke machte ihr Spaß.

»Ich muss dir nicht erzählen, was du schon weißt«, gab Ida mit einem Achselzucken zurück. »Darum erzähle ich dir, was du noch nicht weißt: Meine Zeit als Schneekönigin läuft ab.« Ida klang ruhig und gefasst, ihre Stimme noch immer eine klare Melodie.

»Ich nehme an, das ist schlecht.«

»Schlecht? Hm. Ja und nein.«

»Bist du immer so rätselhaft oder nur, wenn ich von dir träume?«, fragte Kora.

»Es ist nicht meine Absicht rätselhaft zu sein. Behutsam würde ich es nennen.«

Kora legte die Stirn in Falten und versuchte, das Gesicht der Schneekönigin zu studieren, doch das gab nicht den kleinsten Hinweis auf die Gedanken dieser Frau preis.

»Hast du dir je gewünscht, auf den ungezähmten Strömen eines Schneesturms zu reiten, Kora? Oder in einem Bett aus Eis und Frost zu schlafen? Und hat es sich nicht schon immer wundervoll für dich angefühlt, von diesen Dingen zu träumen?«

Während Ida sprach, begannen die Worte zu verblassen und an ihrer Stelle formten sich Bilder in Koras Kopf. Eine Flut berauschender Gefühle strömte plötzlich auf sie ein und sie ließ sich von den Visionen mitreißen. Im Nu schien Kora vom Wind davongetragen zu werden und mit den Eiskristallen in einem wilden Tempo über Berge und Täler zu tanzen. Kora fühlte sich frei und wild, kraftvoll und mächtig. Nichts und niemand konnte ihr etwas anhaben. Sie war unbesiegbar.

Viel zu schnell waren die Bilder und die Empfindungen wieder fort und sie öffnete die Augen, nur um sich zurück in die Ströme des Schneesturms zu wünschen.

»Das war ...«, begann Kora ganz durcheinander. »Was war das?«

»Nur ein kleiner Vorgeschmack auf das, was dich erwartet, wenn du erst die neue Schneekönigin bist.«

»Ich verstehe nicht, was du damit meinst.«

»Meine Zeit läuft ab«, wiederholte Ida. »Du musst meinen Platz einnehmen, Kora.«

Kora kicherte, als wäre sie beschwipst, denn genauso

fühlte sie sich nach dem seltsamen Zauber, der sie für einen Moment zu einem Teil des Schnees hatte werden lassen.

»Ich soll die neue Schneekönigin sein?«

»Ja«, gab Ida schlicht zurück.

»Und dann könnte ich so oft auf dem Schnee reiten, wie ich möchte?«

»Wann immer dir danach ist.«

»Das würde mir gefallen«, gestand Kora. Sie schaute auf die Karte im Brunnenwasser und ließ sich den Gedanken durch den Kopf gehen, bis die große Knospe plötzlich wankte. In ihrem Innern schien sich etwas zu regen.

»Warum bewegt sie sich?«, fragte Kora. Sie streckte die Hand aus und die ungewöhnliche Pflanze glitt wie von selbst näher zu ihr.

»Kora, warte!«, rief Ida, doch da war es bereits zu spät.

Koras Finger strichen über die lebendige Oberfläche und die Blüte begann sich zu öffnen. Die Blätter falteten sich in aller Stille auseinander. Eines nach dem anderen. Der Anblick war von einer hypnotisierenden Anmut. Kora stand gespannt da und fragte sich, welch wundersame Entdeckung sie im Innern der Knospe erwarten mochte, als sich die letzten Blätter entrollten. Ein Schreck fuhr ihr durch die Glieder.

»Was!« Überrascht und verwirrt riss Kora die Augen auf. Inmitten der Seerose lag schlafend ein Neugeborenes.

Rosig und lebendig. Ein ersticktes Stöhnen entglitt ihrer Kehle und sie wollte nach dem Kindchen greifen, doch Ida packte energisch ihre Hand.

»Nicht«, sagte die Schneekönigin in ihrem ewig ruhigen Ton.

»Wessen Kind ist das?«, verlangte Kora zu erfahren.

»Niemandes Kind.«

»Wie kann es niemandes Kind sein? Was macht es hier? Wo ist es hergekommen?«

Das Baby begann zu strampeln und unzufriedene Laute von sich zu geben. Gleich würde es anfangen zu schreien, doch Runa griff nach einer zarten Ranke im Innern der Blüte und legte sie behutsam über die Brust des Kindes. Die Ranke schmiegte sich fest an seine Haut und begann sanft zu schimmern. Sofort beruhigte sich das kleine Menschlein und fiel erneut in tiefen Schlaf.

»Ich habe es hergebracht«, antwortete Runa diesmal und Kora sah Spuren von Trauer und Scham auf ihrem jungen Gesicht.

Eine reale Erinnerung drängte sich in Koras Traum, der eine schlagartige Wendung zu nehmen schien. Auf der Fahrt nach Snjórley hatte sie es auf ihrem Tablet gelesen und an jedem Morgen, den sie in dieser Stadt erwachte, war es in den Nachrichten zu hören: die Vermisstenmeldung eines entführten Kindes. Nomi Alvas.

»Ihr wart das. Ihr habt das Kind aus dem Krankenhaus entführt.«

»Es musste sein«, flüsterte Runa, während sie liebevoll über die dicken Bäckchen des Mädchens strich.

»Wieso, um Himmels willen?«

»Ich sterbe, Kora, und du musst meinen Platz einnehmen«, fuhr Ida ihr schließlich dazwischen.

»Was soll dieser Unsinn? Warum ist das Kind hier?«

»Vergiss das Kind.« Ida schüttelte den Kopf. »Ich wollte es dir ein wenig schonender beibringen, aber nun ist es eben so gekommen. Meine Zeit ist vorüber.« Ida sah beinahe glücklich aus, als sie es sagte. Erleichtert.

»Das sagst du andauernd! Ich weiß nicht, was das bedeuten soll. Das alles hier! Wieso wache ich nicht auf? Wach auf! Wach auf!«, rief Kora und schlug sich dabei gegen die Stirn.

»Du glaubst zu träumen, Kora, aber du bist wacher denn je. Spürst du es nicht? Spürst du nicht die Wärme des Eises und die Weichheit des Schnees? Hörst du nicht, wie der Winter nach dir ruft? Das alles hier ist real. So real wie etwas nur sein kann. Die Welt braucht eine neue Schneekönigin. Sie braucht dich, Kora, und du brauchst den Schnee.«

Ida strich dem Kindchen sanft über die Stirn und Kora erkannte, dass sich winzige Frostkristalle auf der rosigen

Haut bildeten, wo Ida es berührte. Das Mädchen zitterte im Schlaf und begann an seiner kleinen Faust zu nuckeln.

»Hör auf! Fass es nicht an!« Kora schlug Idas Hand fort und wollte das Baby an sich nehmen, doch die Seerose drehte sich blitzschnell und glitt zurück in die Mitte des Brunnens. Weit außerhalb von Koras Reichweite.

Das hier war falsch. Ganz falsch. Kora wollte zurück in ihren Winterhain. Zurück zu der Stille und Geborgenheit ihrer schönen verschneiten Traumwelt, diesem perfekten Ort, der ihr immer eine Zuflucht gewesen war.

»Zehn Leben für jede Königin. So wurde es vor ewigen Zeiten bestimmt.«

»Hör damit auf, Ida! Du machst mir Angst. Warum ist das Kind hier?«

Kora wusste nicht genau, weshalb sie sich Sorgen um die kleine Nomi machte. Schließlich war nichts hiervon echt und sie würde jeden Moment erwachen. Es konnte nicht mehr lange dauern. Aber die Sorge um das hilflose Mädchen fühlte sich in diesem Moment entsetzlich echt an. Das Kind sollte nicht hier sein. Es gehörte zu seinen Eltern in eine warme Umarmung, nicht in ein kaltes Schloss aus Eis.

»Kora. Arme, unschuldige Kora.« Ida küsste sie mit kühlen Lippen auf die Wange. Auf ihren Wimpern glitzerten feine Eiskristalle. »Die Menschen glauben, ihr Leben würde von Biologie und Physik allein bestimmt. Von Naturgesetzen, die einfach *sind*. Andere glauben an allmächtige Götter und wahrscheinlich liegt die Wahrheit irgendwo dazwischen. Niemand weiß es genau. Nicht einmal ich. Aber es gibt einen Kreislauf, Kora, von dem die Menschen nichts wissen, einen der gelegentlich einen Anstoß braucht, um in Bewegung zu bleiben. Die Menschen glauben nicht mehr an die Geister der Natur und sie machen es uns wirklich schwer, diese Welt zu erhalten. Doch die Magie der Uralten ist überall, Kora. Die rohe, ursprüngliche Magie. Sie ist es, die dem Zyklus des Lebens unaufhörlich neuen Antrieb gibt. Wie ein Kinderkarussell muss der Kreislauf immer wieder neu in Schwung gebracht werden, um sich weiter drehen zu können. Aber das Karussell des Lebens ist kurz davor, stehen zu bleiben.«

»Was redest du denn für einen Unsinn, Ida?«

»Hast du nicht bemerkt, wie warm es dieses Jahr ist? Der Winter sollte längst die Länder bedecken und doch fällt überall nur Regen. Bist du nicht deshalb nach Snjórley zurückgekommen? Um den Winter zu finden, den du so sehr vermisst hast?«

»Ich wollte, dass meine Kinder einen echten Winter erleben. Echten Schnee berühren und schmecken können.«

»Das ist nicht der Grund, weshalb du hierhergekommen bist. Du hast gespürt, dass der Thron der Schneekönigin nach dir ruft, dass deine Zeit gekommen ist. Du hast dich nach der Kälte gesehnt, mit der du schon seit deiner Geburt verbunden bist.«

»Ich werde jetzt gehen, Ida.« Kora versuchte, ihre Hand aus Idas Griff zu lösen, doch die scheinbar völlig wahnsinnige Schneekönigin hielt sie fest umschlossen.

»Du kannst nicht gehen. Das Leben, wie du es kennst, wird enden, wenn du gehst.«

»Ida, du bist keine Schneekönigin. Nicht in der realen Welt. Es ist nur eine Rolle, die du für die Touristen spielst. Und das alles hier ist bloß ein Traum. *Ich* träume.« Und Kora wollte aufwachen. Der Traum bedrückte sie, flößte ihr unsägliche Angst ein. Die Schönheit ihrer makellosen Lichtung war korrumpiert und ins Gegenteil verkehrt worden.

»Hör mir zu, Kora. Seit Anbeginn der Zeit gibt es einen Baumkönig und eine Schneekönigin. Es hat lange gedauert, bis die Uralten einen Kreislauf gefunden hatten, der funktionierte. Der Baumkönig geht im Frühling auf, lässt Pflanzen wachsen und Leben entstehen. Die Schneekönigin zieht im Winter den Frost über das Land, taucht alles in Stille und Tod, damit sich das Leben im nächsten Jahr frisch und jung wieder daraus erheben kann. Wir sind die Jahreszeiten, die alles in Bewegung halten. Meine Aufgabe ist schrecklich, Kora, sie trägt einen scheußlichen

Preis. Sie lässt dich so kalt werden wie den Ort, an dem wir leben. Aber wenn du nicht in meine Fußspuren trittst, wird deine Welt untergehen. Sie werden alle sterben.« Idas Stimme klang vollkommen ernst.

»Angenommen, ich glaube dir. Angenommen, ich würde nicht träumen. Was willst du, dass ich tue?« Vielleicht konnte Kora endlich aufwachen, wenn sie die Wünsche der Traum-Ida erfüllte.

»Nimm das erste Leben. Werde die Schneekönigin.« Ida wies zu dem schlafenden Kindchen.

Koras Blick sprang zwischen Ida und dem Kind hin und her. »Wie bitte? Du willst, dass ich es *töte*?« Nicht einmal in einem Traum wäre Kora in der Lage das zu tun, was Ida da verlangte. Verstört blickte sie durch den weiten Raum. Die Dorfbewohner rührten sich nicht. Idas Forderung schockierte keinen von ihnen. Sie wirkten betroffen, mitfühlend, aber nicht einer würde sich Ida entgegenstellen und Kora zu Hilfe kommen.

»Runa!«, versuchte Kora es dennoch und schaute die junge Frau flehentlich an. »Du kannst nicht bei diesem Wahnsinn zusehen!«

»Es tut mir so leid«, antwortete Runa mit zitternden Lippen. Sie konnte Kora nicht einmal ansehen, so sehr schämte sie sich für ihre Beteiligung an all dem.

Kora suchte nach einem Ausweg, nach etwas, das ihr

sagte, dass es einen Weg aus ihrem Traum gab. Doch als ihre Augen über die massiven Eiswände des Schlosses wanderten, fand sie etwas, das weit entfernt davon war und ihr Todesangst einjagte: Die verschwommenen Schemen kleiner, toter Körper, die gefroren in den Mauern des Schlosses ruhten. Wie hatte sie sie bisher übersehen können? Sie waren überall!

Kora schrie. Mit einem kraftvollen Ruck entriss sie Ida ihre Hand und stolperte rückwärts von ihr fort.

»Du bist wahnsinnig!« Wohin Kora auch blickte, wohin sie sich auch wendete, überall sah Kora sie – im Eis konservierte Säuglingskörper. So viele. So viele kleine Körper! Kora stieß sich erneut gegen die Stirn. Fester als beim ersten Mal. Wütender. »Wach auf! Wach auf! Wach auf!« Aber sie wachte nicht auf. Sie war gefangen in ihrem Traum, der zu einem scheußlichen Albtraum geworden war.

»Kora.« Idas Stimme klang nun hart und gebieterisch. Ihre Augen glühten in kaltem Glanz. »Du musst es tun.«

»Nein! Das kann ich nicht! Ich will es nicht!«

»Dann werden deine Kinder sterben. Dein Mann. Deine Eltern. All deine Freunde und deren Familien. Jeder Mensch und jedes Tier, jede Pflanze wird vergehen. Die Welt wird sich weiter und weiter aufheizen, wird vertrocknen und schließlich wird sie brennen.«

»Das ist völliger Irrsinn. Du bist verrückt.«

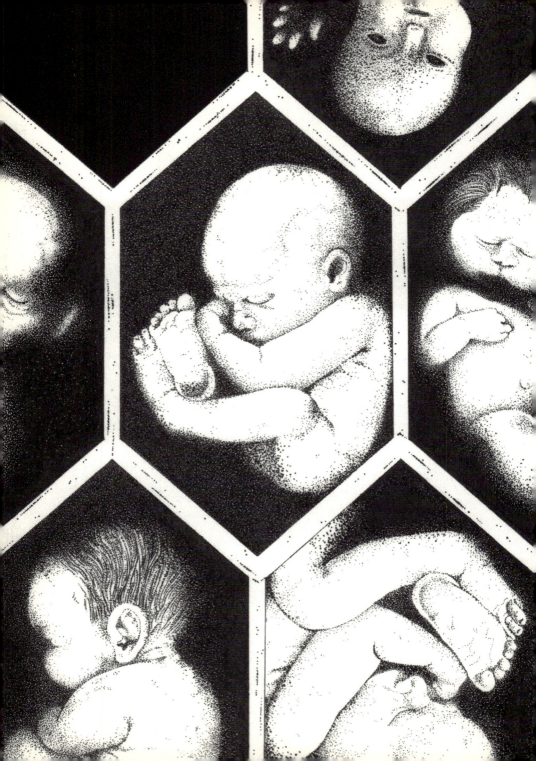

»Du hast noch drei Nächte Zeit, Kora. Drei Nächte, um dich zu entscheiden, ob du die Schneekönigin wirst. Drei Nächte, um darüber zu entscheiden, ob diese Welt weiter existieren wird. Wenn du dich weigerst, wird es immer wärmer werden, bis alles, was du kennst, in Flammen steht und darin zugrunde geht. Denke darüber nach. Der Preis, den du zahlen musst, ist hoch. Doch zahlst du ihn nicht ...« Ida schüttelte ihren makellosen Kopf und hob eine Hand an die Lippen. »Denke darüber nach, Kora. Denke darüber nach.«

Ida küsste ihre Fingerspitzen und hauchte Kora feinen Eisstaub ins Gesicht. Die Welt um sie herum begann sich zu drehen und Kora fiel in die Dunkelheit.

»Kora. Liebling? Wach auf!«

Bens Stimme war voller Sorge, er schüttelte seine Frau vorsichtig und versuchte sie aufzuwecken. Sie warf sich in seinem Arm hin und her und er gab sich Mühe sie zu beruhigen, doch nichts half.

Dann, völlig unerwartet, fuhr Kora plötzlich aus ihrem Schlaf hoch und stieß einen erstickten Schrei aus. Sie spürte den Schweißfilm, der auf ihrer Haut klebte. Ihr war heiß und kalt zugleich. Ihr Brustkorb hob und senkte sich in einem hektischen Auf und Ab und ihr Herz klopfte und schmerzte wie seit langer Zeit nicht mehr. Sie lechzte nach Luft.

»Bei allen Heiligen, Kora, was ist denn los?«

»Ein Albtraum. Ein wirklich grauenhafter Albtraum.«

»Mein armer Liebling. Ich habe dich noch nie derart schlimm träumen sehen.«

Kora schluchzte in ihre Hände. »Es war furchtbar, Ben.«

»Komm her.« Er schlang die Arme um seine verstörte Frau und hielt sie fest.

In dieser Nacht träumte Kora nicht mehr, erholsamen Schlaf fand sie jedoch ebenfalls keinen.

3

Als Kora am Morgen aufwachte, fühlte sie sich wie von einem Zug überrollt. Bens Bettseite war verlassen und kalt, die Bettdecke zurückgeschlagen. Sie hörte das Gelächter von Elin und Jonna aus dem unteren Stockwerk und Bens tiefe Stimme, der versuchte, etwas Ruhe in das Chaos zu bringen. Normalerweise hätten Kora diese Geräusche zum Schmunzeln gebracht, doch nicht heute. Mit steifen Gliedern kletterte sie aus dem Bett und schlurfte die Treppe hinunter. Ben und die Mädchen tobten durch die Küche und deckten den Tisch. Es grenzte an ein Wunder, dass dabei nichts zu Bruch ging, und es duftete nach Pfannkuchen und frischem Kaffee.

»Hey«, krächzte Kora. Sie klang wie eine steinalte Hexe.

»Liebling!« Ben lief gut gelaunt zu ihr und drückte Kora einen Kuss auf die Lippen. »Ausgeschlafen?«

»Hm«, brummte sie missmutig. Der scheußliche Traum hing noch an ihr und das Bild der toten, blau verfärbten Körper in den Wänden schnürte ihr die Kehle zu. Sie schüttelte sich in dem hoffnungslosen Versuch, die Bilder loszuwerden.

»Mami! Papa und ich haben Pfannkuchen gemacht. Mit Gesicht!«

»Mit Gesicht?« Kora versuchte zu lächeln.

»Aus Schokolade!« Elin sprang vergnügt auf und ab, während sie alle am Tisch Platz nahmen und ihre schief grinsenden Pfannkuchen aßen.

Kora war unendlich dankbar für die Wärme, die sie im Kreis ihrer Lieben empfand, und der Traum begann ganz langsam zu verblassen.

Am Nachmittag setzten Ben und Kora ihre Töchter auf einen Schlitten und zogen sie hinter sich her in die Stadt, um ein paar Besorgungen zu machen. Die Luft war erfrischend klar und betäubte die Sorgen, die sich während der Nacht in Kora verankert hatten.

Sie konnten das geschäftige Treiben in Snjórley schon aus der Entfernung sehen. Menschen, die Banner zwischen

Häusern aufspannten, Girlanden an Fenstern anbrachten und Lichterketten um Bäume wickelten. Von den Straßenlaternen hingen lange dunkelblaue Stoffbahnen mit silbern aufgestickten Ornamenten herunter und von jedem dritten Mast schauten Idas unergründliche Augen zu ihnen herab.

Der Anblick versetzte Kora einen Stich. Das Festival der Schneekönigin. Ida in ihrem Kostüm. Die toten Neugeborenen in den Wänden des Schlosses. Kora konnte spüren, wie ihr das Blut aus dem Gesicht wich.

»Alles in Ordnung, Liebling?«, fragte Ben.

»Hm? Oh. Ja, es ist nichts. Nur etwas müde.«

»Muss ein wirklich übler Traum gewesen sein.«

»Der schlimmste, den ich je hatte. Aber das soll uns nicht den Tag verderben.« Sie küsste Ben. Seine Nähe erdete sie und schenkte ihr Zuversicht.

Die Familie machte ihre Besorgungen, besuchte den gemütlichen, antiquarischen Buchladen und aß Waffeln im »Goldenen Schlitten«. Runas blauer Haarschopf eilte durch das Restaurant, verschwand manchmal kurz hinter Säulen oder Türen, nur um kurz darauf wieder aufzutauchen.

Ich habe es hergebracht.

Die Worte der Traum-Runa hallten durch Koras Gedanken und sie wandte den Blick von der Kellnerin ab. Sie studierte die detailreich geschnitzten Bilder unter der

Glasabdeckung ihres Tisches. Hohe Berge und Täler zeichneten sich darauf ab, Rehe und Hirsche, Wölfe, Hasen und Füchse. *Es war bloß ein Traum.*

»Denkst du, sie wird es tun?«, hörte Kora die fremde Stimme flüstern.

Sie erstarrte.

»Sie tun es alle letztendlich«, antwortete eine andere Stimme.

»Aber sie hat Angst.«

»Sie haben alle Angst.« Ein Moment des Schweigens.

»Und ihre Familie? Die wird sie doch nicht verlassen.«

»Es ist der einzige Weg.«

»Dann wird sie es tun?«

»Sie muss.«

»Wer hat das gesagt?« Wütend sprang Kora von ihrem Stuhl auf, der beinahe umgekippt wäre, wenn Ben nicht schnell reagiert und ihn an der Lehne aufgefangen hätte. Kora selbst kümmerte der Stuhl freilich nicht. Sie suchte den Raum nach den Stimmen ab, doch niemand antwortete ihr. Alle starrten Kora verwundert an. Hatte sie es sich eingebildet? Spielte ihr ihre Fantasie Streiche?

»Kora?« Ben sah seine Frau fragend an. Er runzelte die Stirn und auch die Zwillinge schienen sie für ein bisschen verrückt zu halten. Vielleicht war sie das. Vielleicht wurde sie verrückt vor lauter Schnee.

»Bitte entschuldigt. Ich ... ich gehe zurück zur Hütte. Ich fühle mich nicht besonders wohl.«

»In Ordnung. Lass mich die Rechnung ...«

»Nein, lass nur. Bleib du mit den Mädchen hier und esst in aller Ruhe auf. Ich lege mich ein Weilchen hin. Mein Kopf bringt mich um. Ich höre schon Gespenster vor lauter Müdigkeit.«

»Bist du sicher? Geht es ... Geht es ...« Er sprach es nicht aus, aber sein Blick wanderte zu der Stelle ihres Körpers, wo sich ihr zu kleines, krankes Herz verbarg.

»Es ist nichts, Ben. Ich bin nur müde. Wir sehen uns nachher.« Kora schlüpfte in ihren Mantel, hauchte ihrer Familie Küsse zu und trat, so schnell es ging, hinaus in die Gasse. Es hatte wieder zu schneien begonnen und die Flocken stoben um sie herum, schienen jeder ihrer Bewegungen zu folgen. Zum ersten Mal in ihrem Leben machte ihr der Schnee Angst. Sie zwang sich, ruhig zu bleiben und Vernunft zu bewahren.

Man grüßte sie auf ihrem Weg, nickte ihr zu, lächelte. Aber sie bildete sich weiterhin ein, die Einheimischen tuscheln zu hören, und spürte die Blicke in ihrem Nacken. Aus dem Elektrowarenladen an der Ecke drangen die Stimmen der Nachrichtensprecher an ihr Ohr und zwangen sie, genauer hinzuhören.

»... bisher sind elf Menschen in den Flutmassen ertrunken,

neun werden weiterhin vermisst. Auch in anderen Teilen des Landes ist es zu unvorhersehbaren Naturereignissen gekommen. Waldbrände im Süden halten die Feuerwehr in Atem und bedrohen Siedlungen. Zahlreiche Menschen mussten bereits evakuiert werden ...«

Hubschrauberaufnahmen flackerten über die Bildschirme und zogen Kora in ihren Bann. Ihre Hände wurden feucht und ihr Atem ging schneller.

»... von der kleinen Nomi Alvas fehlt weiterhin jede Spur. In einem verzweifelten Appell an den oder die Täter ...«

»Es war ein Traum, Kora. Bleib realistisch«, sagte sie zu sich selbst. Einen Moment lang presste sie ihre Stirn an das kühle Glas und versuchte ihr Zentrum wiederzufinden. Einatmen. Ausatmen.

»Ist es nicht schrecklich, was mit der Welt geschieht?« Runa stand plötzlich neben Kora und schaute ebenfalls auf die Monitore.

»Was?« Kora starrte sie an.

»In drei Tagen ist Winteranfang, Kora. Wenn du bis dahin nicht Teil des Winterhofs wirst ... Ich wünschte, du könntest von hier fortgehen. Das tue ich wirklich. Es wäre mir so viel lieber, du könntest gehen und Ida dafür bleiben. Aber das ist nicht möglich.«

»Was?«, wiederholte Kora mit Fistelstimme. Die Härchen sträubten sich in ihrem Nacken.

»Drei Tage, Kora. Nutze die Zeit, um dich zu verabschieden.«

»Genug!«

Von wildem Entsetzen gepackt, stolperte Kora von Runa fort und rannte. Sie rannte, so schnell sie konnte, ignorierte den Schmerz in ihrer Brust und die brennenden Lungen, die kaum genug Luft bekamen. *Ich verliere den Verstand.*

Als Kora in der nächsten Nacht zu träumen begann, war sie bereits in Aufruhr, noch bevor Ida sie in ihrem Winterhain fand. Die Schneekönigin streckte die Hand aus, doch Kora schüttelte heftig den Kopf und blickte sich nach allen Seiten um. Die Bäume schienen sie enger einzukreisen und ihr den Weg zu versperren, auf dem sie gekommen war. Jedes Mal, wenn sie durch eine Lücke zwischen den Stämmen verschwinden wollte, schnellten von irgendwoher Dornenranken empor und verdichteten sich zu einer engmaschigen Barriere. Sie war gefangen.

»Komm mit mir, Kora.«

Der Schnee umarmte Kora und ihre Füße trugen sie gegen ihren Willen zu Ida. Sie konnte nur zusehen, wie sich ihre Hand hob und sich auf die der stolzen Schneekönigin legte. Die Kälte ihres blassen Körpers kroch erneut zu Kora hinüber und die beiden Frauen traten einmal mehr in das Schloss der Schneekönigin ein. Diesmal marschierten sie schnell durch die Gänge des Palastes, vorbei an den geduldig wachenden Statuen und den vielen verzierten Türen, hinter denen sich gewiss prunkvolle Zimmer mit Balkonen verbargen, die eine weite Sicht über den spiegelglatten See und die fernen Lichter der Stadt gewährten. Sie nahmen sich keine Zeit für die kunstvollen Reliefbilder an den Wänden und auch nicht für die Schlossbewohner, die hier und da eilig den Weg für sie freimachten und ergeben die Köpfe vor ihnen senkten.

Das Kind ruhte noch immer in der Knospe, als sie den Thronsaal erreichten. Lebendig und verwundbar, aber gesund und unversehrt schlummerte es in seinem ungewöhnlichen Bettchen. *Nimm das erste Leben.* Koras Magen zog sich zusammen. Sie schmeckte bereits die verräterische Säure auf der Zunge und drängte ihr Abendessen mit all ihrer Willenskraft zurück. Welcher normale Mensch träumte davon, sich übergeben zu müssen? Vermutlich nur jemand, der gleichzeitig auch davon träumte, unschuldigen Kindern das Leben auszusaugen.

»Warum tust du mir das an, Ida? Was willst du von mir?«

»Es ist meine Aufgabe und dein Schicksal.«

»So etwas wie Schicksal gibt es nicht.«

»Nenne es, wie du willst, Kora, aber was hier geschieht, ist nun einmal der Grund deiner Existenz. Du und nur du kannst meinen Platz einnehmen.«

»Warum ich? Ich will das nicht. Finde jemand anderen!«

»Sei nicht so egoistisch!«, herrschte Ida Kora plötzlich an. Ihre Stimme wurde von einem lauten Echo begleitet, das von den hohen Mauern widerhallte.

Kora fühlte sich schlagartig winzig.

»Du würdest jemand anderem diese Bürde auferlegen, weil du selbst zu feige bist?«

»Nein! Nein! Ich meine ... Es muss jemanden geben, der besser geeignet ist.«

»Wir haben keine Zeit für diesen Unsinn«, schimpfte Ida. »Du bist, was du bist. Akzeptiere es!«

»Das kann ich nicht! Du weißt ja nicht, was du von mir verlangst!«, begehrte Kora auf und sofort traf sie Idas harter Blick, von dem sie nicht geglaubt hatte, dass er noch kälter werden konnte. Sie hatte sich geirrt.

»Ich weiß genau, was ich von dir verlange«, zischte Ida bedrohlich. Ihre Augen waren beinahe weiß geworden vor Wut. »Ich habe zehn Leben gelebt, Kora. Zehn Leben, die für andere bestimmt waren. Glaubst du, ich hatte Freude daran, diese Leben zu stehlen? Glaubst du, ich war immer diese Kreatur, die du vor dir siehst? Auch ich hatte ein Leben vor der Schneekönigin. Ein warmes Heim und

Träume. Denkst du, ich habe es leichtfertig aufgegeben, um in dieser eisigen Festung zu leben? Allein, vergessen und verleugnet von der Welt?«

Kora wagte es nicht zu antworten.

»Ich habe getan, was von mir verlangt wurde. Ich habe die Leben dieser Kinder gestohlen, um damit das Fortbestehen der Welt, so wie wir sie kennen, zu sichern. Jetzt ist es an der Zeit, dass man mich gehen lässt. Ich bin müde, Kora, und meiner Aufgabe überdrüssig.«

»Ich kann das nicht tun, Ida. Was du verlangst, ist zu viel für mich.«

»Dann wird der Kreislauf zerbrechen.« Ida stieß Kora grob von sich und hinein in die Dunkelheit.

»Ben? Ben?« Kora schüttelte ihn sanft, aber nachdrücklich aus dem Schlaf, trotzdem war er verwirrt, als er die Augen aufschlug und seine Frau ansah.

»Was ist los? Ist etwas mit den Mädchen? Hast du Schmerzen?«

»Nein, nein«, flüsterte Kora. Sie spürte die Tränen heiß über ihre Wangen laufen. »Küss mich, Ben.«

Bevor er antworten konnte, drückte sie sich mit aller

Kraft an ihn, vergrub ihre Hände in seinem krausen roten Haar und küsste ihn mit einem Verlangen, das ihn völlig überraschte. Sie führten eine gute Ehe, sie liebten sich, sie respektierten einander, doch ihr Sexualleben hatte die feurige Leidenschaft ihrer ersten gemeinsamen Jahre längst verloren. Nun aber saß Kora so unerwartet und heißblütig auf ihm und ihre Hand schob sich zielstrebig in seine Boxershorts. Er stöhnte ihr mit tiefer Stimme in den Mund und seine Hände packten automatisch ihre Hüften.

»Kora«, murmelte er dicht an ihren Lippen.

Ben. Mein wunderbarer Ben. Wie könnte sie ihn und die Mädchen jemals verlassen? Doch während Kora ihren Mann in sich aufnahm, stahl sich eine neue Frage in ihre Gedanken. Was, wenn Ida die Wahrheit sagte? Wie könnte sie Ben und die Mädchen sterben lassen?

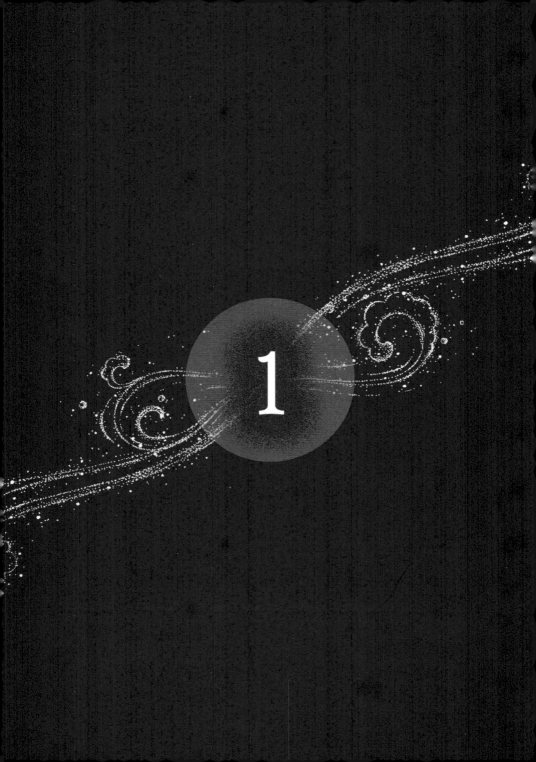

Den folgenden Tag verbrachten sie in der Hütte. Elin quengelte und wollte unbedingt in die Stadt, doch Ben baute den Zwillingen ein Zelt aus Decken und Stühlen. Sie saßen alle zusammen in dem kleinen Unterschlupf, lasen Geschichten und schnitten Grimassen im harten Licht der Taschenlampen. Sie tranken heiße Schokolade und grillten Marshmallows über Teelichtern. Die Hütte füllte sich mit Gelächter, dem süßen Duft karamellisierten Zuckers und Kora drängte die Träume zurück, die sie die letzten Nächte geplagt hatten. Am Abend jedoch fürchtete sie sich davor, erneut einzuschlafen, und Ben schien ihre Nervosität zu spüren. Nachdem sie ihre Töchter zu Bett gebracht hatten, lagen sie beide noch bis spät in die Nacht wach, sahen fern und schließlich schliefen auch sie ein.

In dieser Nacht träumte Kora nicht von ihrem Winterhain oder dem Schloss der Schneekönigin. Die Träume waren beruhigend banal und am nächsten Morgen erwachte sie ausgeschlafen und erleichtert, wenn auch noch immer nicht ganz sie selbst.

Die Familie frühstückte im Rahmen des üblichen Durcheinanders und sie überlegten, was sie am letzten Tag ihres Aufenthaltes in Snjórley tun wollten. Kora konnte nicht anders, als sich zu wünschen, der Tag wäre bereits vorbei. Nur noch diese eine Nacht, dann säßen sie wieder im Wagen auf dem Weg in ihr Zuhause. Im nächsten Jahr würde Kora ohne Protest mit ihrer Familie an den Strand fahren und sich über den lästigen Sonnenbrand freuen, den sie sich unweigerlich einfangen würde. Es gab nicht genug Sonnencreme auf der Welt, um das zu verhindern, doch es war ihr egal. Sie wollte nie wieder Schnee sehen oder auch nur daran erinnert werden.

»Wir wollen die Schneekönigin sehen!«, rief Jonna plötzlich und Kora gefror das Blut in den Adern.

»Was?«

»Wir wollen die Schneekönigin sehen, Mami!«

»Nein!«, platzte es aus Kora heraus, bevor sie nachdenken konnte.

Das Festival. Sie hatte das Festival vergessen und sah sich nicht in der Verfassung, daran teilzunehmen. Träume hin oder her, die Furcht saß ihr zu tief in den Knochen.

»Paapaaaaa!«, beschwerten sich Elin und Jonna im selben Atemzug.

»Mama macht bloß Spaß. Stimmt's, Kora?«

»Ich will nicht, Ben. Wirklich nicht. Ich will einfach nur nach Hause und nie wieder an die Schneekönigin denken«, gab sie in verärgertem Ton zurück.

»Die Mädchen freuen sich schon seit unserer Ankunft darauf, Liebling.«

»Wir sollten abreisen. Jetzt gleich.«

»Das ist nicht dein Ernst?«

»Und wie ich das ernst meine. Ich hasse diesen verdammten Schnee«, murmelte sie mehr zu sich selbst.

Ben hielt überrascht im Abwasch inne und schaute seine ungewohnt mürrische Frau über die Schulter hinweg an. »Hast du gerade wirklich gesagt, du würdest Schnee *hassen*?«

Kora nickte beschämt und fühlte sich elend, wehleidig und pathetisch.

»Wer bist du und was hast du mit meiner Frau gemacht?«

»Es sind diese Träume«, seufzte Kora.

»Willst du dir und den Mädchen den Urlaub verderben wegen ein paar Albträumen? Komm schon. Sie werden dir ewig damit in den Ohren liegen, wenn du sie nicht die Schneekönigin sehen lässt.«

Er lächelte so herzerweichend, dass Kora schließlich einwilligte und nickte. Bloß noch diese eine Nacht, dann waren sie auf dem Weg nach Hause und Kora konnte die letzten Tage einfach aus ihren Erinnerungen löschen.

Der Tag verging in Windeseile. Kora genoss jeden Moment mit ihrer Familie, sog das Lachen der Zwillinge in sich auf, kostete jede Berührung ihres Mannes voll aus. Sie wusste, dass sie sich ungewöhnlich anhänglich benahm, aber es war ihr egal. Sie brauchte die Nähe ihrer Familie, um die letzten Stunden in diesem verfluchten Ort durchzustehen. Träume hatten noch nie solch eine tiefgreifende Wirkung auf Kora gehabt, aber die Träume der letzten Tage waren zu stark mit den realen Ereignissen um sie herum verwoben. Vermutlich war es die Realitätsnähe, die Kora so zusetzte.

Auch heute waren die Nachrichten wieder voll mit Berichten über ungewöhnliche Naturkatastrophen und einem aufgelösten Ehepaar, das in einem persönlichen Appell immer wieder darum bat, dass man ihnen ihre kleine Tochter zurückbringen möge. Überall in der Stadt hingen die Ankündigungen des Schneefestivals und Idas

Gesicht schaute mit dieser kühlen und furchteinflößenden Schönheit von Plakaten und Bannern zu Kora herab. Sie konnte sich diese Porträts nicht ansehen, denn Kora hatte das Gefühl, die vorwurfsvollen Augen folgten ihr mit jeder Bewegung. Es fiel ihr schwer, Realität und Traum auseinanderzuhalten.

Als die Sonne hinter den Bergen versank, begannen die Lichter in Snjórley zu leuchten. Das Festival der Schneekönigin war eröffnet. Die Lichterketten an den Bäumen verströmten ein sanftes Licht und säumten die Wege und Straßen wie Wegweiser. Die Menschen folgten den Lichterketten und strömten aus allen Richtungen in den Ortskern. Kinder hielten Laternen in allen Blautönen in den Händen, hier und da sah man auch einige der Erwachsenen mit den schimmernden Lampions. Überall im Dorf duftete es nach kandierten Mandeln und ein Streichquartett samt Chor sorgte für eine musikalische Unterhaltung, die man nur als melancholisch-träumerisch bezeichnen konnte. Leise und bewegend im einen Moment, laut und dynamisch im nächsten, glitt der Klang der Instrumente und Stimmen über den Festplatz.

Der Mond hing voll und tief über dem See, vor dem sich zu Koras Erleichterung nicht die Silhouette eines Schlosses aus Eis abzeichnete. Sie konnte sich allerdings nicht daran erinnern, den Himmelskörper jemals in dieser Größe und so tief stehend gesehen zu haben. Kora gestattete sich ein Lächeln, denn die Szenerie war ohne Zweifel eine wunderschöne und einen kurzen Moment lang vergaß sie, was sie aus der Ruhe gebracht hatte. Dann erklangen von irgendwoher der Rhythmus dunkler Trommelschläge und die Melodie von Panflöten. Das Orchester auf dem Platz wurde im selben Moment leiser und schien darauf zu warten, sich mit den Klängen der Trommeln und Panflöten zu vereinen. Kora schlang die Arme um Ben, als sich in der Ferne die Parade mit dem Wagen der Schneekönigin in Bewegung setzte. Von ihrem Standort aus wirkte der Schlitten wie ein harmloses Spielzeug und Ida wäre darin kaum zu erkennen gewesen, wenn ihre Krone nicht sternenhell geleuchtet hätte. Ben drückte seine Frau an sich, während sein Fuß im Takt der stetig lauter werden-den Trommeln auf den Boden klopfte.

Die Stadt war voller Touristen, die ebenfalls im Takt der Trommeln wippten und in die Hände klatschten. Alle bestaunten sie die Parade mit großen, leuchtenden Augen und es lag eine andächtige Stimmung über dem Platz. Von überallher waren die Menschen angereist, um das berühmte Spektakel zu erleben, und Kora wollte sich mit ihnen daran erfreuen. Snjórley war in einen magischen Ort verwandelt worden und schien nur aus dem Weiß des Schnees, den kunstvollen Eisskulpturen und den funkelnden Lichtern des Baumschmucks und der Laternen zu bestehen. Der Gesang des Chors erfüllte die Luft und hallte hinaus in die Nacht. Trommeln, Orchester und Chor verschmolzen schließlich zu einer gemeinsamen Melodie, die einen gefangen nahm. Aber Kora konnte all das nicht genießen. Sie fröstelte und es lag nicht an den niedrigen Temperaturen.

Ben spürte das Zittern seiner Frau und rieb ihr über die Arme. Sein vertrauter Geruch hüllte Kora ein und sie wünschte sich nichts sehnlicher, als dass er ihr das Gefühl von Sicherheit gab wie so viele Male zuvor. Doch nichts vermochte den Terror zu vertreiben, der sich bis in den hintersten Winkel ihrer Seele eingenistet hatte.

Ben küsste sie auf den Nacken und wiegte sich mit ihr im Klang der Musik. Elin und Jonna klatschten aufgeregt in die Hände, als die prächtig kostümierten Dorfbewohner vorüberzogen und ihre einstudierten Schaustücke vorführten. Die Gäste staunten und applaudierten, doch Kora erschrak jedes Mal, wenn sie ein Schausteller direkt anblickte. Natürlich bildete sie sich diese Blicke ein, sie musste sie sich einbilden.

Kora schloss die Augen, versuchte die Parade zu ignorieren und hoffte, es dauerte nicht mehr allzu lange. Doch dann brach Jubel aus und das Klatschen unzähliger Hände wurde lauter.

»Da kommt sie, Mami! Schau doch! Mami! Du siehst ja gar nicht hin!«

Kora zwang sich, die Augen zu öffnen. Sie sah Ida in all ihrer königlichen Ausstrahlung in ihrem goldenen Schlitten, gezogen von neun Wolfshunden, sitzen. Ida war ebenso schrecklich schön und gebieterisch wie in Koras Traum. Sie schaute alle mit ihrer distanzierten Art an, winkte den Menschen zu und warf blaue Bonbons in die Menge der Schaulustigen. Jeder hier liebte und bewunderte sie.

Nur ich fürchte sie. Warum habe ich solche Angst vor ihr? Sie ist doch noch ein halbes Kind!

Dann kam Idas Schlitten mitten auf dem Platz zum Stehen. Sie erhob sich von den Fellen ihres Sitzes und es wurde totenstill. Selbst die Kinder gaben kaum einen Laut von sich. Idas Gefolge von Schauspielern verharrte in nahezu grotesken Positionen, als wären sie blitzartig gefroren. Nicht einmal der kleinste Muskel zitterte. Ida faltete die Hände locker vor ihrem Körper und sprach mit weithin hörbarer Stimme.

»Liebe Bewohner, liebe Gäste, seid willkommen!« Sie wartete einen Moment, bis sich der aufkommende Applaus gelegt hatte. »Heute ist ein ganz besonderer Tag für die Bewohner dieser Stadt, aber auch für mich. Heute feiern wir den Beginn des Winters. Für mich wird es das letzte Mal sein, dass ich die Ehre habe, dieses Ereignis mit euch zu teilen. Meine Zeit als Schneekönigin endet in dieser Nacht und für eine unter euch wird sie beginnen.«

Die Menge jubelte auf. Koras Herz begann unangenehm zu pochen und ihr Körper verkrampfte sich. Sie versuchte, den Schmerz in ihrer Brust und die kurzen, flachen Atemzüge zu verbergen. Ben küsste ihre Wange, doch sie nahm es kaum wahr.

Renn, renn, renn! schrie eine Stimme in ihrem Kopf und doch blieb sie wie angewurzelt stehen.

»Welche von euch wird es sein, die meinen kalten Thron besteigen und Jahr für Jahr Frost, Eis und Schnee in die Welt schicken wird? Welche von euch wird meine Krone tragen?«

Elin und Jonna begannen sofort auf und ab zu springen, reckten die kurzen Ärmchen und riefen im Chor vieler Kinderstimmen: »Ich! Ich!«

Die Erinnerung holte Kora ohne Vorwarnung ein. Ihr Vater, der sie auf den Schultern trug, während sie ihre Ärmchen der Schneekönigin entgegenreckte und mit all ihrer Kinderseele hoffte, dass sie auserwählt werden würde. Die Schneekönigin war von ihrem Schlitten herabgestiegen und in einem Kreis durch die Menge gelaufen, hatte in die Augen jeder Tochter und jeder Mutter gesehen. Je näher sie gekommen war, desto aufgeregter war das Mädchen geworden und ihr zu kleines Herz hatte wie ein aufgescheuchtes Vögelchen in ihrer Brust geflattert. Dann war die Schneekönigin stehen geblieben, hatte mit ihren eisblauen Augen zu Kora aufgesehen und ihren Vater gebeten, sie abzusetzen. Die Schneekönigin war das Schönste, was Kora in ihrem Kinderleben bis dahin gesehen hatte, und sie wollte genauso sein wie sie. Die imposante Gestalt hatte ihre leuchtende Krone abgenommen und gesagt: »Du bist es. Wie ist dein Name, mein Kind?« Und Kora hatte ihr ihren Namen genannt und sich die gläserne Krone aufsetzen lassen.

»Mami! Du bist die neue Schneekönigin!«, jauchzte Elin und Kora erwachte aus ihrer Trance.

Ida stand direkt vor ihr und sah Kora aus klaren Augen an. Dasselbe junge Gesicht. Dieselben blauen Augen. Damals wie heute.

»Du bist es immer gewesen, Kora. Nimmst du dein Schicksal an?«

Kora blinzelte und wurde von blankem Entsetzen gepackt. Sie starrte die frostige Schönheit an, suchte ihr Gesicht ab, doch es lag keine Emotion darin. Weder Hoffnung noch Zorn. Ein ungewohntes Gewicht ruhte auf ihrem Kopf und nun sah sie, dass Ida ihre Krone nicht länger trug. Mit zittrigen Fingern fasste sich Kora ins Haar und fand das kalte Diadem darin. Ein Gefühl wie von tausend Spinnenbeinen berührt jagte ihr den Rücken bis zu den Ohren hoch. Unbeherrscht riss sich Kora das Schmuckstück herunter und warf es achtlos in den Schnee. Sein Leuchten erstarb augenblicklich.

»Nein! Nein!«, schrie sie und sorgte für missbilligendes Stöhnen und Raunen bei den Zuschauern, mehr noch bei den Einwohnern Snjórleys. Kora wollte vor der geifernden Menge zurückweichen, vor den Einwohnern dieser Stadt, die ihr bis auf den Grund ihrer Seele zu starren schienen. Doch Bens Arme schlangen sich um sie und sie hörte ihn beschwichtigende Dinge sagen, die sie nicht hören wollte.

»Lass mich los!«, presste Kora schwach hervor. Ihre Stimme wollte die Worte kaum tragen. Sie schluckte und wand sich. Bens Arme kamen ihr plötzlich wie unnachgiebige Schlingen vor, die sie langsam zu zerquetschen drohten. »Lass mich los!«

Diesmal gehorchten ihre Stimmbänder und trugen ihren Befehl laut und mit einem hohen, hysterischen Klang über den Festplatz. Grob kämpfte sie sich aus Bens Umklammerung. Er keuchte überrascht, als Kora ihn hart gegen die Brust stieß und einige Schritte weit von ihm fort stolperte. Sie zitterte nun am ganzen Körper und alles, was sie noch wollte, war von hier wegzukommen. So schnell und so weit wie nur irgend möglich.

»Kora«, flüsterte Ida bittend und brachte damit die letzten Dämme zum Brechen.

Kora schrie auf und stürzte davon, bahnte sich mit Ellbogen und Schulterhieben einen Weg durch die Menschenmenge, stolperte und rannte, als wäre der Tod selbst hinter ihr her. Sie hörte die empörten Beschwerden der Schaulustigen und Bens Stimme, der ihr besorgt nachrief und sie bat, stehen zu bleiben. Sie hörte auch die Stimmen ihrer Töchter, Jonna, die den Tränen nahe war. Aber Kora war in solcher Panik, dass sie nicht haltmachen konnte. Nicht einmal für ihre Familie. Sie musste weg. Sie musste raus aus dieser Stadt und so viel Abstand wie möglich zwischen Ida und sich selbst bringen.

Kora hetzte die Straße entlang und bog auf den Weg zum See hinunter ab. Die Seite tat ihr von den schnellen Atemzügen und der kalten Luft weh, ihr Herz schlug schneller als je zuvor und sie hatte das Gefühl zu ersticken. Sie wusste, dass sie ihr Leben riskierte, wenn sie weiter so rannte, aber Kora konnte nicht langsamer laufen. Vielleicht würde ihr schwaches Herz sie umbringen, doch wenn sie stehen blieb, würde es ihre Furcht ganz gewiss tun.

Die Erde begann zu beben, doch selbst das konnte Kora in ihrem gegenwärtigen Zustand nicht weiter beeindrucken. Dann strauchelte sie und fiel, rutschte den Hang hinab, schrie und hörte in der Entfernung wieder Bens Stimme, die jetzt in höchstem Maße alarmiert klang. Sie rief seinen Namen, während sie ungebremst den Hügel hinunter schlitterte, versuchte, nach irgendetwas zu greifen, doch die wenigen Sträucher, die aus dem Schnee herausragten, waren morsch und brachen sofort ab. Der gefrorene See kam in erschreckender Geschwindigkeit näher und dann war sie auf ihm und rutschte meterweit hinaus. Als Koras Körper endlich den Schwung verlor, kam sie flach auf dem Bauch liegend zum Stillstand. Ihr Atem schlug in kleinen Wolken gegen das dicke Eis und sie hörte sich wimmern wie ein Kind. Erschöpft und völlig kraftlos, mit Herzschlägen, die sich beängstigend unrhythmisch anfühlten. Koras Tränen fielen auf das Eis und gefroren augenblicklich zu sternförmigen Blüten. Sie versuchte, sich zu beruhigen.

»Kora!«

Sie schaute zitternd auf. Ben und die Mädchen standen am Ufer und sahen zu ihr herüber. Jonna und Elin weinten, weil sie nicht verstanden, was vor sich ging. Koras Verhalten machte ihnen Angst.

»Alles in Ordnung!«, rief Kora mit gebrochener Stimme. Sie versuchte, sich aufzurichten, doch die eisige Oberfläche war glatt und sie hatte Mühe, auf die Füße zu kommen. Sie versuchte, ein paar Schritte zu machen, ihre Stiefel aber fanden keinen Halt und rutschten nutzlos auf der Stelle vor und zurück. Die Erde bebte erneut und diesmal bekam es Kora mit der Angst zu tun, als sie das verräterische Knacken hörte. Sie starrte zu Ben und ihren Töchtern ans Ufer. Ihre Familie war nicht mehr als dreißig Meter von ihr entfernt. Fast zum Greifen nahe.

»Um Himmels willen, ein Erdbeben! Kora, komm ans Ufer!«

Sie wollte gehorchen, wollte sich aufs Eis werfen und notfalls wie eine Robbe zu ihnen kriechen. Doch in dem Moment brach die Eisdecke auf und Kora fiel in das eiskalte Wasser.

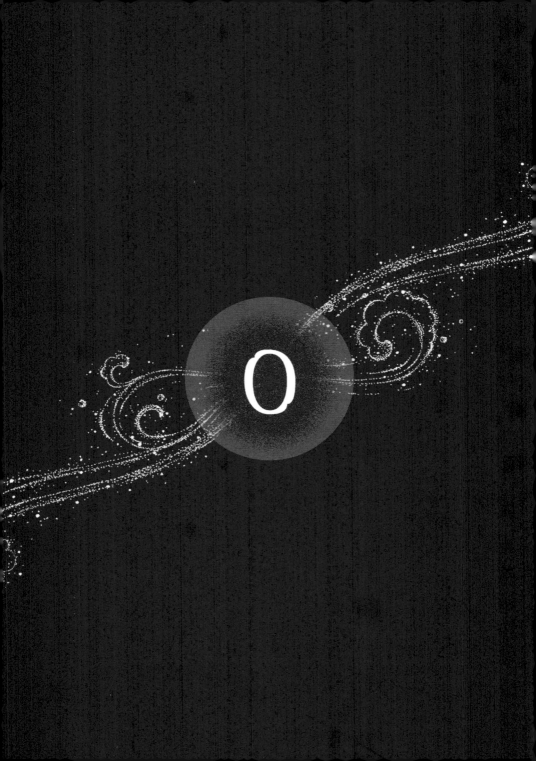

M it einem dumpfen Knall prallte Kora auf den harten Boden im Schloss der Schneekönigin. Sie stöhnte schmerzerfüllt und rollte sich auf den Rücken, öffnete die Augen und wünschte sich sofort, es nicht getan zu haben.

»Nein. Bitte. Nein! Wie bin ich hierhergekommen?«

»Kora.«

Sie schaute sich um und kroch sofort von der sich nähernden Gestalt fort, bis sie mit dem Rücken gegen eine Säule prallte. Kora nutzte sie, um sich aufzurichten. »Bleib weg von mir! Bleib bloß weg von mir!«

Ida hielt in ihrer Bewegung inne und beobachtete die unwillige Thronerbin. »Sieh in den Brunnen, Kora. Sieh dir an, was mit der Welt geschieht. Es ist jetzt auch in Snjórley. Ich kann es nicht länger zurückdrängen. Meine Kräfte

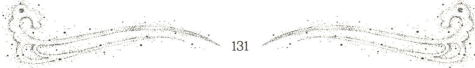

schwinden. All diese Menschen, sie werden sterben, wenn du dich deiner Bestimmung weiter verweigerst.«

»Nur ein Traum. Nur ein Traum. Nur ein Traum«, betete Kora die Worte wieder und wieder herunter. Die Ohrfeige traf sie hart ins Gesicht und sie schmeckte Blut.

»Reiß dich zusammen!«, herrschte Ida sie an, packte die verstörte Frau am Kragen ihres Mantels und zerrte sie mit überraschender Leichtigkeit zum Brunnen. Ida wischte energisch über die Oberfläche des Wassers und Kora sah Snjórley, wie es von einem Erdbeben heimgesucht wurde. Straßen rissen auf, Hauswände stürzten ein und rutschten einen Abgrund hinab, der vor wenigen Minuten noch nicht dort gewesen war. Menschen liefen panisch durch die Straßen und schrien.

»Ben! Die Mädchen!«

»Es geht ihnen gut. Noch.«

Die Schneekönigin wischte erneut über das Wasser und Kora sah ihre Familie am Seeufer, wie sie alle Schutz in den Armen der anderen suchten. Elin und Jonna klammerten sich an ihren Vater und Ben war auf die Knie gegangen, um seine Arme schützend um ihre kleinen Körper zu legen. Der Brunnen war stumm, aber Kora konnte an seinen Lippen erkennen, dass er ihren Namen rief und mit den Augen verzweifelt und bar jeder Hoffnung den See absuchte. Die Eisplatte war in unzählige Stücke zerbrochen, die gegeneinander knallten und sich übereinander schoben. Niemand konnte das überleben, nicht einmal eine gute Schwimmerin – was Kora nie war.

»Ich muss zu ihnen.«

»Du kannst ihnen nur helfen, wenn du die Krone annimmst, Kora. Das hier ist kein Spiel. Kein Traum, aus dem du erwachen wirst. Dies ist die harte Realität, der du dich stellen musst. Triff deine Entscheidung und triff sie schnell.«

Kora fühlte sich geschlagen. Sie sah ihre Familie im Bild des Brunnens und wusste, dass sie alles für sie tun würde. Wenn das alles nur ein Traum war, dann spielte ihre Furcht keine Rolle. Und wenn es wirklich und wahrhaftig geschah ... Nun, wenn all das real war, welche Wahl blieb ihr dann schon?

»Werde ich sie wiedersehen?«

Idas Stimme wurde weich und war kaum mehr als ein Flüstern. »Nein. Sie werden glauben, du wärst in dem See ertrunken. Und ich weiß, woran du jetzt denkst, aber niemand, mit Ausnahme deines Hofstaates, wird wissen, wer du einmal warst. Deine Familie würde dich nicht erkennen, selbst wenn du direkt vor ihnen stehst.«

»Aber sie werden nach mir suchen. Nach ... nach meiner *Leiche*.«

»Sie haben gesehen, wie du in den See gefallen bist,

und Loch Snjór ist sehr tief. Es sind schon viele Menschen darin ertrunken und nie wiederaufgetaucht.«

»Können sie nicht bei mir bleiben? Hier in Snjórley?«

»Glaube mir, Kora, du willst nicht, dass sie dich als Schneekönigin kennenlernen. Du wirst nicht mehr dieselbe sein.«

»Aber du darfst mit Runa zusammen sein!«, rief Kora verzweifelt und vorwurfsvoll. Sie wusste, wie kindisch sich das anhörte.

»Runa gehört dem Winterthron, so wie du und ich und alle anderen Bewohner dieser Stadt. Der Winterthron hat sie hergerufen, so wie uns alle. Keiner von uns hat es sich ausgesucht, hier zu sein, Kora. Man wird als Teil dieser Welt geboren oder man wird nie einer sein.«

»Und Ben und die Zwillinge wurden es nicht.«

»Richtig.«

»Wieso? Was ist denn so verdammt besonders an mir?«, rief sie halb verzweifelt, halb wütend.

»Nichts«, gab Ida ruhig zurück. »Du wurdest nur im richtigen Moment geboren. Im Schatten einer Sonnenfinsternis.«

»Was?« Es verschlug Kora beinahe die Sprache. »Das ist alles? Das ist der Grund, weshalb ich die Schneekönigin werden muss?«

»So ist es.«

»Das ist Schwachsinn!«, schimpfte Kora laut. »Ich kann unmöglich die Einzige sein, die an diesem Tag geboren wurde!«

Ida nickte. »Es ist wahr. Viele Menschen erblickten an diesem Tag das Licht der Welt, aber du, Kora, kamst in der Sekunde zur Welt, als der Schatten am tiefsten war. Das war der Moment, als sich das Erbe der Schneekönigin an dich haftete und an niemanden sonst. Du warst in keiner Weise besonders. Nicht vor deiner Markierung als Schneekönigin. Es hätte wirklich jede treffen können und eine hat es getroffen. Dich. Verstehst du das?«

»Aber …«, begann Kora, doch sie wusste nicht mehr, was sie noch sagen konnte. »Dann kann ich nichts dagegen tun? Ich werde einfach so verschwinden? Wie soll meine Familie denn abschließen, wenn sie nicht einmal Abschied nehmen kann?«

»Sie werden einen Weg finden.«

»Nein.« Kora schluchzte. »Das kann ich ihnen nicht antun, Ida.«

»Dann wirst du zusehen müssen, wie sie mit dem Rest der Welt sterben.«

Wie gebannt starrte Kora auf das Bild im Brunnen. Die Erde zitterte mit jeder Minute, die verstrich, heftiger. Nein, sie konnte nicht zusehen, wie ihre Familie starb. Nicht, wenn es einen Weg gab sie zu retten. Sei das Opfer, das sie dafür bringen musste, auch ihre eigene Seele. Als Kora ihre Entscheidung traf, spürte sie die kalte Hand, die sich um ihr Herz legte. Sie hatte nie ganz verstanden, weshalb manche Menschen lachten, während sie weinten und von Kummer zerfressen wurden. Doch nun hätte Kora vor Verzweiflung gern selbst gelacht. Jahrelang war sie davon überzeugt gewesen, dass ihr Herzfehler sie viel zu früh aus dem Leben reißen würde. Irgendwann. Plötzlich, aber nicht gänzlich unerwartet. Ihre Familie wäre unglücklich gewesen, aber sie hatten immer gewusst, dass dies Koras Schicksal war. Stattdessen ertrank Kora nun augenscheinlich im See, noch bevor ihr Herz eine Chance hatte sie im Stich zu lassen. Während des Familienurlaubs. Wie sollten Ben und die Zwillinge an diesem witzlosen Scherz des Universums nicht zerbrechen?

»Es wäre alles so viel einfacher gewesen, wenn du mich damals schon hierbehalten hättest. Als ich das erste Mal in Snjórley gewesen bin, als Kind. Du hast gewusst, wer ich war, oder, Ida? Du hättest mich gleich auf all das vorbereiten können.«

»Ich habe es gewusst«, bestätigte Ida. »Aber wünschst du dir das wirklich? Du hättest Ben nie kennengelernt, deine Töchter würden nicht existieren.«

Kora gab einen kummervollen Laut von sich. »Warum hast du mich damals gehen lassen und heute nicht?«

»Jeder hat es verdient, geliebt zu werden, Kora. Wenigstens einmal im Leben. Du warst noch ein Kind. Es war wichtig für dich, zu erfahren, was es bedeutet ein Mensch zu sein, bevor du aufhörst einer zu sein. Es wird dir helfen, den Sinn in allem zu sehen und durchzuhalten. Du hattest ein wundervolles Leben mit ihnen. Erinnere dich daran, wenn du an dir selbst zweifelst und an dem, was du tust. Denke daran, wenn du einmal nicht mehr weißt, weshalb sich das Opfer, so grausam es auch sein mag, lohnt.«

»Gib mir noch etwas Zeit, Ida. Was macht es schon? Ein paar Jahre mehr oder weniger? Du willst Runa doch genauso wenig verlassen wie ich Ben und meine Kinder.«

»Es ist nicht meine Entscheidung. Wir können nicht kommen und gehen, wie es uns gefällt. Du willst mich fragen, ob ich nicht noch dieses eine Leben nehmen kann, damit wir beide ein bisschen mehr Zeit mit denen haben, die wir lieben, nicht wahr? Ich habe damals dieselbe Frage gestellt.«

»Du könntest diese Jahre nutzen, um mit Runa glücklich zu sein«, sagte Kora hoffnungsvoll.

Ida schaute durch eines der großen Fenster hinaus in die Ferne, hinauf zu den Sternen. Sie schienen ebenso weit fort zu sein wie die Erinnerungen an ihr eigenes kurzes Leben, bevor sie den Winterthron bestiegen hatte. Sie dachte an Runa, die so spät, erst am Ende ihrer langen

Existenz in ihr Leben getreten war. Ja, Ida wollte gerne mehr Zeit mit Runa verbringen.

»Der Gedanke ist verlockend, Kora. Ich gestehe, dafür wäre ich bereit ein elftes Leben zu stehlen. Aber so funktionieren die Dinge nicht. Der Winterthron hat diese Aufgabe bereits an dich übergeben. Ich kann das Leben des Kindes nicht mehr zu meinem machen. Diese Gabe gehört jetzt dir.«

»Das ist keine Gabe.« Kora trocknete ihre Tränen mit dem Saum ihres Ärmels. »Es ist ein Fluch.«

»Nicht alles daran ist schlecht. Du wirst mit dem Schnee auf eine Weise verbunden sein, die dir unglaubliche Freuden bereiten wird.«

»Meine Familie bereitet mir bereits die größten Freuden«, begehrte Kora auf.

»Dann vergiss nie, dass dein Opfer ihnen und vielen anderen das Leben rettet.«

Kora schwieg. Den Kopf voller Gedanken, die alle so laut miteinander stritten, dass sie zu einem inhaltlosen Rauschen wurden und sie völlig paralysierten. Schließlich nickte Kora ergeben. Es gab keine Alternative. Keinen Kompromiss. Ja oder nein. Schwarz oder weiß. Leben oder Tod. Durfte sie als Schneekönigin nicht wenigstens erleben, wenn auch nur aus der Ferne, wie ihre Töchter heranwuchsen? Sie würde dem frühen Tod entkommen, der ihr seit dem Tag ihrer Geburt im Nacken saß. Und doch empfand sie keine Erleichterung.

»Was muss ich tun?«, fragte Kora leise.

Ida strich über die Knospe und die Blütenblätter öffneten sich. Das Kind darin schlief, als täte es nie etwas anderes. Ein dicker Kloß formte sich in Koras Kehle, den sie nur mit viel Kraft hinunterschlucken konnte. Was tat sie hier? Stand sie unter Drogen? Hatte sie Wahnvorstellungen? Eine Psychose? *Oh bitte, lass mich nur verrückt sein.*

»Nimm ihre Hände«, sagte Ida und Kora folgte der Anweisung mit zitternden Fingern. Die Hände der kleinen Nomi waren warm und sie spürte den Puls in den winzigen Handflächen. »Beuge dich hinüber. Näher. So ist es gut. Und nun atme ihr Leben ein.«

»Was?« Koras Augen brannten und richteten sich auf Ida.

»Schließ die Augen und atme«, forderte die amtierende Schneekönigin ungeduldig. Das Beben war jetzt auch im Schloss zu spüren. Eisbrocken fielen von der Decke und schlugen um sie herum auf den Boden. Idas stoische Fassade schien im gleichen Maße zu bröckeln wie das Schloss selbst. »Uns bleibt nicht mehr viel Zeit!«

Kora tat, was Ida verlangte.

Im ersten Moment spürte sie nichts und so schlug sie die Augen wieder auf. Sie sah das rosige Gesichtchen lebendig vor sich. Erleichtert wollte Kora aufatmen, doch da öffneten sich die Lippen des Kindes und ein goldener Nebel stieg aus seinem Mund auf. Ungläubig starrte Kora auf das Mädchen hinab. Ihr schwaches Herz klopfte vor Angst und dann kroch der Nebel zwischen ihre Lippen, hinab in Koras Lungen und verteilte sich in ihrem ganzen Körper. Sie konnte die fremde Lebensenergie überall spüren. Ein merkwürdiges Kitzeln.

Die Sturzflut von Bildern brach über sie herein wie Geröll. Kora hörte sich selbst erstickt keuchen, als sie die Szenen eines gestohlenen Lebens im Schnelldurchlauf sah. Das Baby im Arm seiner Eltern, das Kindergartenkind, das erste aufgeschlagene Knie, der erste Schultag, der erste Kuss, die Abschlussfeier an der Universität, der Tod der Eltern, das faltige Gesicht im Spiegel, dann Dunkelheit.

Eine nie gekannte Kälte durchfuhr Kora und füllte sie aus. Ihr krankes Herz hörte auf zu schlagen, es wurde hart und nutzlos. Ein gefrorener, unbrauchbarer Klumpen, der schwer in ihrer Brust hing. Als sie wieder richtig zu sich kam, lag Kora auf dem Boden. Gefrorene Tränen hingen an ihren Wangen. Sie fühlte sich leer und gebrochen. Das Kindchen trieb reglos in der nun verwelkten Blüte auf dem Wasser. Es war nicht mehr rosig. Es atmete auch nicht mehr. Kora hatte geglaubt, Ida wäre so kaltherzig gewesen wie das Eis selbst, ohne jede Emotion, ohne Reue. Doch das war ein Irrtum, wie sich jetzt zeigte. Denn Kora empfand noch immer vieles, obwohl ihr Herz gefroren war. Vor allem empfand sie Kummer und Scham.

Sie zwang sich aufzustehen und suchte den Saal nach Ida ab. Die stand neben dem Thron und hielt Runa im Arm. Kora hörte die jammernden Laute der Frau mit dem blauen Haar und sah Idas ungewohnt mitfühlenden Blick, sah, wie sie Runa fest an sich drückte. Wie seltsam es ihr erschien, dass die Schneekönigin zu solch zärtlicher Geste fähig war.

Ida musste bemerkt haben, dass Kora sie beobachtete, denn sie schaute ihr plötzlich direkt in die Augen. Sie schob Runa ein Stück von sich, hielt ihr Gesicht einen Moment in den Händen und küsste sie auf den Mund. Dann schritt sie voran und Kora schloss zu ihr auf, ohne Fragen zu stellen. Schließlich wies Ida sie an, den Thron zu besteigen, doch Kora zögerte. Das kalte Herz in ihrer Brust tat ihr weh und sie fürchtete den Tag, da sie wiederholen musste, was sie heute getan hatte. Siebenundachtzig Jahre, so viele Jahre hätte die kleine Nomi vor sich gehabt, so viele Jahre blieben Kora nun bis zu ihrem nächsten Mord.

»Wird es leichter werden?«

»Nein«, antwortete Ida und zum ersten Mal sah Kora echtes Mitleid in ihren Augen.

»Und was wird mit dir geschehen, wenn ich die Schneekönigin geworden bin?«

»Ich werde verschwinden.«

Runa schluchzte und griff nach Idas Hand. Doch die Schneekönigin konzentrierte sich auf Kora, strich ihr sanft über die Wange. »Es tut mir sehr leid.« Dann zog Ida sich zurück und Kora ging die Stufen hinauf.

Der Thron ragte majestätisch und fürchterlich vor ihr auf. Er verströmte nichts als Kälte und Tod. Kora drehte sich um, blickte ein letztes Mal zu der scheidenden Schneekönigin. Runa klammerte sich an Idas Arm, als könnte sie deren Verschwinden verhindern, wenn sie sie nur fest genug hielt. *Die Hoffnung stirbt immer zuletzt.* Mit diesem Gedanken ließ sich Kora auf den Thron sinken.

Die Kälte durchfuhr sie wie Messerstiche. Koras Haut verlor ihre gesunde Farbe, die Äderchen färbten sich blau, ihr braunes Haar wurde schneeweiß, ihre graugrünen Augen nahmen ein kaltes Blau an. Eiskristalle wuchsen aus ihrem Kopf und formten eine gläserne Krone, in deren Mitte ein blaues Juwel prangte. Die Kleider zerfielen zu Staub und aus den frostigen Nebelschwaden legte sich das Gewand der Schneekönigin um sie. Kora spürte die Reste ihrer Menschlichkeit versiegen, und wo einst Lachen und Glück gewesen waren, blieben nur Zorn und Schmerz zurück. Zorn auf die Welt, auf die alten Mächte, auf Ida und die Menschen, derentwegen sie ihr Leben aufgeben musste. Schmerz, wenn sie an das Kind dachte, dessen

Leben sie gestohlen hatte, wenn sie an die Kinder dachte, deren Leben sie noch stehlen musste, ehe sie von dieser schrecklichen Aufgabe entbunden wurde. Sie fühlte sich einsam, wenn sie an das dachte, was ihr das Wichtigste im Leben gewesen war: Ben. Elin. Jonna.

Das alte Wissen floss kraftvoll in Kora hinein, so wie die Menschlichkeit sie verließ. Sie spürte die kräftigen, klopfenden Herzen der Menschen in Snjórley, spürte die Wurzeln jedes Baumes und jedes Grashalms bis hinaus in die letzten Winkel der Welt. Sie spürte den Baumkönig erzittern, dessen Reich sich weit weg im Süden befand.

Die schaurige Macht des Winterthrons füllte sie aus, versetzte sie bald in einen Rausch, den sie nie zuvor gekannt hatte. Das plötzliche, überragende Glücksgefühl verwirrte sie, spülte die negativen Gefühle fort, während es die schweren Gedanken in die hintersten Winkel ihres Kopfes zurückdrängte. Und dann strömte die Kälte aus ihr heraus, vergrößerte sich, kroch über die Erde und endlich, endlich zog der Winter über die Länder. Er trotzte den Wunden, die die Menschen Tag für Tag in ihre Heimat schlugen, und hüllte alles in Schnee und Eis. Die Erde hörte auf zu beben, die Winde wurden kalt, der Regen verwandelte sich in Hagel, die Flüsse froren zu und hörten auf zu fließen. Kora atmete aus und die letzte Wärme in ihrem Körper verließ sie mit einer hellen Atemwolke.

Als ihre scheußliche Metamorphose abgeschlossen war, sah sie Ida am Fuße der Treppe stehen. Die einstige Schneekönigin hob die Hand zum Abschied und zerfiel zu Pulverschnee. Runa schrie im selben Moment auf und brach auf den Knien zusammen. Erfüllt von Schock und Schmerz rief sie Idas Namen, beugte sich über den Schneehaufen, der gerade noch ihre Geliebte gewesen war, und hob etwas daraus auf: ein kleines saphirblaues Kristallherz, kaum größer als eine Walnuss. Kora beobachtete die junge Frau. Ihre Blicke trafen sich für einen kurzen, intensiven Moment, dann rannte Runa aus dem Saal und nahm das Kristallherz mit sich.

Die neue Schneekönigin erhob sich von ihrem Thron und seine Macht folgte ihr. Mit sanften Schritten ging sie zu der verwelkten Blüte, die noch immer im Brunnen trieb. Kora nahm das leblose Kind darin in den Arm, strich zärtlich über seine blasse, kalte Wange und küsste es auf die Stirn. *Nicht fair. Ganz und gar nicht fair.*

Sie trat mit dem Kind an das Gemäuer, berührte das Eis und eine Öffnung, gerade groß genug für ein Neugeborenes, tat sich auf. Behutsam legte Kora das Mädchen hinein und wartete, bis das Eis es ganz umschlossen hatte. Als die Oberfläche wieder glatt und eben war, strich Kora über den gläsernen Sarg, der einer unter vielen war und nur der erste ihrer Regentschaft.

Sie schaute sich um. Niemand schaute zurück.
Kora war allein in ihrer eiskalten Festung.

Bis ans
Ende ihrer
Tage

Ich war einmal ein Mädchen, das träumte von Schnee. Einst hatte ich ein kleines, krankes Herz, doch es hatte mit Inbrunst und Entschlossenheit geschlagen. Jetzt aber ist es ganz still und kalt. Ich selbst bin der Schnee geworden, mein Atem ist der Frost, der die kahlen Äste bedeckt. Ich sitze in meiner Festung aus Eis, zu der keine sichtbaren Wege führen und die kein menschliches Auge sehen kann. Meine Heimat ist still und schön und grausam.

Runas Haar ist blau wie am Tag unserer ersten Begegnung, aber ihre Herzlichkeit ist verblasst. Jahr für Jahr sehe ich ihr dabei zu, wie sie Idas Ebenbild in einen Eisblock schnitzt. Perfekt bis ins kleinste Detail. Und Jahr für Jahr führe ich mit meinem Schlitten die Parade durch Snjórley an, werfe blaue Bonbons in die Menge, winke den Touristen zu und schenke träumenden Mädchen falsche Kronen. Nur die Gesichter, die ich mir wünsche dort zu erblicken, bleiben fern. Sie haben keinen Grund an diesen furchtbaren Ort zurückzukehren.

Manchmal schaue ich in den Brunnen und beobachte meine Familie. Die Mädchen lachen nicht mehr so unbefangen wie früher. Jonnas Bilder sind düster geworden und haben harte Linien bekommen. Es gibt keine Pfannkuchen mit Gesichtern mehr zum Frühstück. Meine Familie sitzt schweigsam über Schüsseln, gefüllt mit Müsli und Milch, in denen sie lustlos mit ihren Löffeln herumstochern. Bens einst neckisch leuchtende Augen sind matt geworden und dunkle Ringe zeichnen sich darunter ab. Auch er lacht und scherzt nicht mehr.

Ben, Elin und Jonna haben einen leeren Sarg beerdigt und besuchen alle vier Wochen ein leeres Grab. Immer lassen sie frische Schnittblumen zurück, bis die Besuche seltener und seltener werden. Ich sehe zu, wie ein ums andere Jahr vergeht, wie meine Töchter älter und größer werden und Ben anderen Frauen begegnet. Alles verändert sich, zieht weiter und folgt den Pfaden des Lebens.

Nur ich, ich bleibe.

Ach, hätte ich doch nie vom Schnee geträumt.

Danksagung

Die Entstehungsgeschichte von *Winterhof* ist fast so aben-
teuerlich für mich wie die Geschichte selbst und wurde
von vielen Zufällen begleitet. Die erste Fassung ist im
Sommer 2011 aus den Resten einer Schreibübung ent-
standen und hatte gerade einmal 7.000 Worte. Es war der
erste Text, den ich nach sehr langer Zeit des Nichtschrei-
bens wieder verfasst habe, und ich tat es in solch einem
Rausch, dass ich für die rund sechs Stunden, in denen ich
daran schrieb, nicht mehr ansprechbar war. Zu jener Zeit
hatte ich ein furchtbar gebrochenes Herz und habe all den
Schmerz in diese Geschichte geschüttet. Heute feiere ich
diesen Moment als Geburtsstunde meines Autorendaseins,
denn ich weiß, dass sich in diesen Stunden meine Art und
meine Motivation zu schreiben, vollständig verändert hat.
Damals habe ich das natürlich noch nicht so sehr verin-
nerlicht und schon gar nicht habe ich geahnt, dass es die
Geschichte meiner Schneekönigin einmal an die Öffent-
lichkeit schaffen würde. Mein erster Dank gilt also meiner
kleinen Schreibtruppe von damals: Maike Claußnitzer,
Simone Heller, Juliana Socher und Kassandra Sperl dafür,
dass ihr mich spontan in eure Schreibgruppe aufgenom-

men habt. Ich weiß nicht, ob ich das Schreiben ohne diesen Anstoß je wieder angefangen hätte.

Selbstverständlich gilt ein mega großer Dank meiner Verlegerin Nadine, die dem *Winterhof* trotz seiner untypischen Länge – oder vielmehr seiner untypischen Kürze – ein Zuhause gegeben hat. Ich wollte dieses düstere Märchen unbedingt bei Zeilengold sehen und bin unendlich dankbar, dass es wirklich geklappt hat! Liebe Nadine, ich bin wahnsinnig glücklich, dass meine Schneekönigin in deinem Verlag herumfrosten darf und dass du dich für all die Gestaltungsideen begeistert hast, die ich über den Text hinaus mitgebracht habe. Nie hätte ich gedacht, dass ich dieses Buch innerhalb eines Verlages so frei nach meiner Vision gestalten darf. Danke, danke, danke und noch tausendmal mehr danke!

Auch meiner Lektorin Sabrina gilt mein herzlichster Dank. Es war eine wunderbare Zusammenarbeit, die mir sehr viel Spaß gemacht hat! Du hast dem Text den letzten Schliff verpasst, hast aus mir Details herausgekitzelt, die den Winterhof noch viel lebendiger gemacht haben, und hast mich mit so mancher Randnotiz zum Lachen gebracht. Falls sich irgendjemand über diese eine Stelle beschwert – du weißt schon, welche ich meine –, dann geht das allein auf meine Kappe! Manche Darlings kann ich dann doch nicht killen.

Nico ... Ich habe dir das Buch gewidmet. Mehr Dank geht, glaube ich, nicht. Dass die Miezen und ich noch nicht unter der Brücke hausen, ist dir zu verdanken (und vielleicht ein bisschen meinen betörenden Kochkünsten). Auch wenn ich dir nicht wirklich die Ideen stehle, bist du doch mehr an der Entstehung meiner Bücher beteiligt, als dir bewusst sein kann.

Zuletzt danke ich auch meinen wunderbaren Leserinnen und Lesern. Ohne euch wäre das Schreiben nur halb so schön und auch nur halb so sinnvoll. Ich danke euch dafür, dass ihr meine Geschichten lest und damit maßgeblich dazu beitragt, dass mein Traum von einem Dasein als Autorin weiter wachsen darf.

Ein Extrawort geht an meine bereits vorhandenen Fans: Es ist verrückt, dass es euch gibt und ich weiß gar nicht, wie ich euch dafür danken soll! Eure Begeisterung, wenn wir aufeinandertreffen, ist unbezahlbar und erfüllt mich mit unbeschreiblicher Freude, Stolz und Dankbarkeit. Ich hoffe, ich werde mich niemals an dieses Gefühl gewöhnen! *Winterhof* ist eine ganz andere Geschichte als der Debütroman, der euch zu mir geführt hat. Diese Geschichte tut eher weh, als dass sie glücklich macht, aber ich hoffe sehr, dass meine Schneekönigin und ihr Schicksal euch dennoch verzaubern und mitreißen konnten.

Die Autorin

Foto: Juliana Socher, Chrononauts Photography

Sameena Jehanzeb wurde 1981 in Bonn geboren. Sie ist diplomierte und selbstständige Grafikdesignerin, Illustratorin und Scherenschnittkünstlerin, eine nimmermüde Sarkasmusschleuder und Katzenbändigerin. Wenn sie nicht gerade mit der Nase über dem Zeichenbrett hängt, versinkt sie in Büchern, verfasst Buchrezensionen oder wird selbst zur Geschichtenweberin. Sowohl beim Schreiben als auch beim künstlerisch-handwerklichen Arbeiten setzt sie sich am liebsten mit phantastischen The-

men, Sagen und Märchen auseinander, denen sie nur zu gern einen modernen und mitunter rebellischen Anstrich verpasst.

Offizielle Website: www.sameena-jehanzeb.de
Persönlicher Blog: www.moyasbuchgewimmel.de

Soziale Netzwerke:
Twitter: @sajeGezwitscher
Instagram: @sjehanzeb_autorin/
Facebook: @sam.jehanzeb

Hunter - Ich jage dich
Katharina Sommer

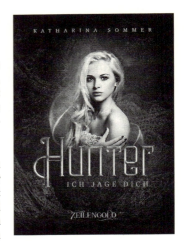

Manchmal genügen wenige Worte, um deine Welt zum Einsturz zu bringen ... Merke dir, wenn du nach Geheimnissen suchst, findest du die düstersten häufig genau dort, wo sie dir schon immer am nächsten waren: in deiner Familie.

Oh Sweet Sixteen. Erst an ihrem sechzehnten Geburtstag erfährt Ginny, dass sie zu einer Familie von Dämonenjägern gehört. Sie hat kaum Zeit, sich mit ihrem neuen Schicksal anzufreunden, denn die Dämonen gewinnen an Macht und die Clans stehen kurz vor dem Zerfall. Jetzt gibt es kein Zurück. Die Jagd hat begonnen und Ginny steckt mittendrin.

Des Teufels Kopfgeldjäger
Sandra Binder

Mein Name ist Antonia Stark, ich bin Kopfgeldjägerin des Teufels und ich weiß nicht, ob ich diesen Job überlebe.

Ein paar Vertragsbrüchige in die Hölle überführen hier, ein paar Nephilim auslöschen da. Mein Job könnte so einfach sein, aber nein, neuerdings hat einer dieser verdammten Engel nichts Besseres zu tun, als sich in meinen aktuellen Auftrag einzumischen. Die ganze Zeit redet er davon, dass ich auf dem falschen Weg bin, während mein Chef mich ganz oben auf die Abschussliste gesetzt hat. Höchste Zeit also, meinen Kopf aus der Schlinge zu ziehen, ein paar Leute umzulegen und mich dabei nicht aus Versehen in einen meiner Gegenspieler zu verlieben. Na, wenn es weiter nichts ist ...

Ich bin schließlich Antonia Stark, Kopfgeldjägerin des Teufels, und ihr werdet alle brennen!

Die Tränenkönigin
Jay Lahinch

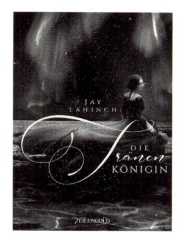

„Und auch wenn ich der Trauer nachgeben möchte, ist es die Seele meines Bruders, die ich retten muss."

Manchmal ist der Tod nicht nur das Ende eines geliebten Herzens, sondern besiegelt zugleich dein Schicksal. Das muss Nava schmerzlich erkennen, als ihr Zwillingsbruder nach dem Tod ihrer Eltern verstummt. Eine Flucht aus Marenna scheint ihr einziger Ausweg und nur der fremde Jayden ist bereit, sie auf dieser Reise ins Ungewisse zu begleiten. Erst ein unglaubliches Angebot der Tränenkönigin gibt ihrem Weg eine Richtung. Gemeinsam machen sie sich auf die Suche nach den Tränen, die nicht nur das Schicksal ihres Bruders, sondern das einer ganzen Welt für immer verändern könnten.

Das Spiel des dunklen Prinzen
Ney Sceatcher

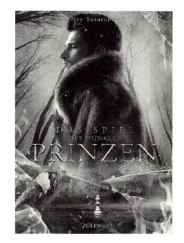

Willkommen beim Albtraumschach.
Kannst du deine schlimmsten Ängste besiegen? Nein? Dann fürchte um dein Leben.

Als Taija durch einen Spiegel in eine schneebedeckte Welt stürzt, hält sie das für einen bösen Traum. Schon bald stellt sich heraus, dass jenes Märchen, von dem ihre Tante immer erzählt hat, nicht nur ein Mythos ist. Das Mädchen befindet sich mitten in der seltsamen Welt der weißen Königin und des dunklen Prinzen, in der sich alles um ein grausames Spiel dreht. Nur, wer das Albtraumschach gewinnt, darf zurück in seine eigene Welt. Wer scheitert, verliert sich in seinem Albtraum – für immer!